A Psicanálise do Fogo

Gaston Bachelard (1884-1962), filósofo, epistemólogo e crítico literário, nasceu em Bar-sur-Aube, na Champagne. Formou-se em matemática em 1912 e foi professor de física e química em liceus por dez anos. Durante esse período, converte-se à filosofia; ganha o título de *agregé* em 1922 e torna-se doutor em 1927. Foi professor de filosofia na Faculdade de Letras de Dijon e depois na Sorbonne (cadeira de história e filosofia das ciências). Foi também diretor do Instituto de História das Ciências e Técnicas.

Além deste livro, escreveu: *A água e os sonhos, O ar e os sonhos, A poética do devaneio, A poética do espaço, A terra e os devaneios do repouso, A terra e os devaneios da vontade* (Martins Fontes) e *O novo espírito científico* (Tempo Brasileiro).

Gaston Bachelard
A Psicanálise do Fogo

Tradução
PAULO NEVES

martins fontes
selo martins

*Esta obra foi publicada originalmente em francês com o título
LA PSYCHANALYSE DU FEU por Éditions Gallimard, Paris.
Copyright © Éditions Gallimard, 1949.
Copyright © 1994, Livraria Martins Fontes Editora Ltda.
São Paulo, para a presente edição.*

1ª edição *1994*
3ª edição *2008*
1ª reimpressão *2012*

Tradução
PAULO NEVES

Revisão da tradução
Eduardo Brandão
Revisões gráficas
*Lígia Silva
Marise Simões Leal
Dinarte Zorzanelli da Silva*
Produção gráfica
Geraldo Alves
Paginação
Renato C. Carbone

**Dados Internacionais de Catalogação na Publicação (CIP)
(Câmara Brasileira do Livro, SP, Brasil)**

Bachelard. Gaston. 1884-1962.
 A psicanálise do fogo / Gaston Bachelard ; tradução Paulo Neves.
– 3ª ed, — São Paulo: Martins Fontes, selo Martins. 2008. — (Tópicos)

Título original: La psychanalyse du feu
Bibliografia
ISBN 978-85-336-2360-6

1. Fogo — Aspectos psicológicos 2. Psicanálise 1. Título. II. Série.

07.1423   CDD-155.91

Índices para catálogo sistemático:

1. Fogo: Interpretações psicológicas: Psicologia 155.91

Todos os direitos desta edição reservados à
Martins Editora Livraria Ltda.
*Av. Dr. Arnaldo, 2076
01255-000 São Paulo SP Brasil
Tel.: (11) 3116.0000
info@martinseditora.com.br
www.martinsmartinsfontes.com.br*

PREFÁCIO

*Não convém ver a realidade tal
como eu sou.* (Paul Éluard)

I

Basta falarmos de um objeto para nos acreditarmos objetivos. Mas, por nossa primeira escolha, o objeto nos designa mais do que o designamos, e o que julgamos nossos pensamentos fundamentais são amiúde confidências sobre a juventude de nosso espírito. Às vezes nos maravilhamos diante de um objeto eleito; acumulamos as hipóteses e os devaneios; formamos assim convicções que têm a aparência de um saber. Mas a fonte inicial é impura: a evidência primeira não é uma verdade fundamental. De fato, a objetividade científica só é possível se inicialmente rompemos com o objeto imediato, se recusamos a sedução da primeira escolha, se detemos e refutamos os pensamentos que nascem da primeira observação. Toda objetividade, devidamente verificada, desmente o primeiro contato com o objeto. Ela deve, em primeiro lugar, criticar tudo: a sensação, o senso comum, inclusive a prática mais constante, e finalmente a etimologia, pois o verbo, feito para cantar e seduzir, raramente coincide com o pensamento. Longe de maravilhar-se, o pensamento objetivo deve ironizar. Sem essa vigilância malévola, não assumiremos jamais uma atitude verdadeiramente objetiva. Quando se trata de estudar os homens, semelhantes, irmãos, a simpatia é a base do método. Mas diante desse mundo inerte que não vive nossa vida, que não sofre nenhuma de nossas penas e não exalta nenhuma de nossas alegrias, devemos deter todas as expansões, devemos escarnecer de nossa pessoa. Os eixos da poesia e da ciência são a princípio inversos. Tudo o que a filosofia pode esperar é tornar a poesia e a ciência complementares, uni-las como dois contrários benfeitos. É preciso, portanto, opor ao espírito poético expansivo o espírito científico taciturno, para o qual a antipatia prévia é uma saudável precaução.

Vamos estudar um problema em que a atitude objetiva jamais pôde se realizar, em que a sedução primeira é tão definitiva que deforma inclusive os espíritos mais retos e os conduz sempre ao aprisco poético onde os devaneios substituem o pensamento, onde os poemas ocultam os teoremas. É o problema psicológico colocado por nossas convicções sobre o fogo. Problema que nos parece tão diretamente psicológico, que não hesitamos em falar de uma psicanálise do fogo.

Desse problema, realmente primordial, colocado à alma ingênua pelos fenômenos do fogo, a ciência contemporânea afastou-se quase completamente. Os livros de Química, com o passar do tempo, viram os capítulos sobre o fogo tornarem-se cada vez mais curtos. E são numerosos os livros modernos dessa disciplina nos quais buscaríamos em vão um estudo sobre o fogo e sobre a chama. *O fogo não é mais um objeto científico.* O fogo, objeto imediato relevante; objeto que se impõe a uma escolha primitiva suplantando amplamente outros fenômenos, não abre mais nenhuma perspectiva a um estudo científico. Parece-nos, então, instrutivo, do ponto de vista psicológico, acompanhar a inflação desse valor fenomenológico e perceber de que modo um problema, que oprimiu durante séculos a pesquisa científica, viu-se de repente dividido ou despojado sem ter sido jamais resolvido. Quando perguntamos a pessoas cultas, cientistas inclusive, como fiz diversas vezes, "O que é o fogo?", recebemos respostas vagas ou tautológicas que repetem inconscientemente as teorias filosóficas mais antigas e mais quiméricas. A razão disso é que a questão foi colocada numa zona objetiva impura, em que se misturam as intuições pessoais e as experiências científicas. Mostraremos, precisamente, que as intuições do fogo — talvez mais que qualquer outra — permanecem presas a uma pesada tara. Levam a convicções imediatas num problema que só precisaria de experiência e medidas.

Num livro já antigo[1], tentamos descrever, a propósito dos fenômenos caloríficos, um eixo bem determinado da objetivação científica. Mostramos de que modo a geometria e a álgebra cederam pouco a pouco suas formas e seus princípios para canalizar a experiência numa via científica. É, agora, o eixo inverso — não mais o da objetivação, mas o da subjetividade — que gostaríamos de explorar para dar um exemplo das duplas perspectivas que se poderiam atribuir a todos os problemas colocados pelo conhecimento de uma realidade particular, mesmo bem definida. Se temos razão a propósito da real implicação do sujeito e do objeto, caberia distinguir mais nitidamente o homem pensativo e o pensador, sem esperar, todavia, que essa distinção seja completa. Em todo caso, é o homem pensativo que queremos estudar aqui, o homem pensativo junto à lareira, na solidão, quando o fogo é brilhante, como uma consciência da solidão. Teremos, então, múltiplas ocasiões de mostrar os perigos, para uma consciência científica, das impressões primitivas, das adesões simpáticas, dos devaneios indolentes. Poderemos facilmente observar o observador, a fim de identificar bem os princípios dessa observação valorizada, ou, melhor dizendo, dessa observação hipnotizada que é sempre a observação do fogo. Enfim, esse estado de leve hipnotismo, cuja constância surpreendemos, é muito propício a desencadear a investigação psicanalítica. Basta um entardecer de inverno, o vento ao redor da casa, um fogo claro, para que uma alma dolorosa fale, ao mesmo tempo, de suas lembranças e de suas penas:

> *C'est à voix basse qu'on enchante*
> *Sous la cendre d'hiver*
> *Ce coeur, pareil au feu couvert,*
> *Qui se consume et chante.**
> Toulet

II

Mas se nosso livro é fácil quando o tomamos linha por linha, parece-nos verdadeiramente impossível fazer dele um conjunto bem ordenado. Um plano dos erros humanos é um empreendimento irrealizável. Em particular, uma tarefa como a nossa recusa o plano histórico. Com efeito, as condições antigas do devaneio não são eliminadas pela formação científica contemporânea. O próprio cientista, quando abandona seu trabalho, retorna às valorizações primitivas. Seria inútil, portanto, descrever, na linha de uma história, um pensamento que não cessa de contradizer os ensinamentos da história científica. Ao contrário, dedicaremos uma parte de nossos esforços a mostrar que o devaneio não cessa de retomar os te-

---

* É uma voz baixa que se encanta / Sob a cinza do inverno / O coração, fogo encoberto, / Que se consome e canta.

mas primitivos, não cessa de trabalhar como uma alma primitiva, a despeito do pensamento elaborado, contra a própria instrução das experiências científicas.

Também não nos situaremos num período remoto, onde nos seria demasiado fácil descrever a idolatria do fogo. O que nos parece interessante é apenas constatar a secreta permanência dessa idolatria. Por isso, quanto mais próximo de nós o documento que utilizarmos, tanto mais força terá para demonstrar nossa tese. Na história, é esse documento permanente, vestígio de uma resistência à evolução psicológica, que perseguimos: o homem velho na criança, a criança no homem velho, o alquimista sob o engenheiro. Mas como, para nós, o passado é ignorância, como o devaneio é impotência, eis nosso objetivo: curar o espírito de suas felicidades, arrancá-lo do narcisismo que a evidência primeira proporciona, dar-lhe outras seguranças que não a posse, outras forças de convicção que não o calor e o entusiasmo; em suma, provas que não seriam em absoluto chamas!

Mas dissemos o bastante para fazermos perceber o sentido de uma psicanálise das convicções subjetivas relacionadas ao conhecimento dos fenômenos do fogo, ou, mais brevemente, de uma psicanálise do fogo. É no nível dos argumentos particulares que iremos precisar nossas teses gerais.

III

Queremos, no entanto, acrescentar ainda uma observação, que é uma advertência. Quando nosso leitor tiver concluído a leitura desta obra, em nada terá ampliado seus conhecimentos. Talvez isso não seja inteiramente culpa nossa, mas simplesmente o preço a pagar pelo método escolhido. Quando nos voltamos para nós mesmos, desviamo-nos da verdade. Quando fazemos experiências *íntimas,* contradizemos fatalmente a experiência objetiva. Convém repetir: neste livro, em que são feitas confidências, enumeramos erros. Nossa obra se oferece, pois, como um exemplo dessa psicanálise especial que julgamos útil na base de todos os estudos objetivos. É uma ilustração das teses gerais defendidas num livro recente sobre a formação do espírito científico *(La Formation de l'esprit scientifique).* A pedagogia do espírito científico ganharia em explicitar assim as seduções que falseiam as induções. Não seria difícil refazer para a água, o ar, a terra, o sal, o vinho, o sangue, o que esboçamos aqui para o fogo. A bem da verdade, essas substâncias imediatamente valorizadas, que envolvem o estudo objetivo em temas sem generalidade, são menos nitidamente duplas — menos nitidamente subjetivas e objetivas — que o fogo; mas contêm igualmente uma falsa marca, o falso peso dos valores não discutidos. Seria mais difícil, mas também mais fecundo, levar a psicanálise à base de evidências mais refletidas, menos imediatas e, portanto, menos afetivas do que as experiências substancialistas. Se merecêssemos encontrar êmulos, os incentivaríamos então a estudar, do mesmo ponto de vista de uma psicanálise do conhecimento objetivo, as noções de totalidade, de sistema, de elemento, de evolução, de desenvolvimento... Não haveria dificuldade para perceber, na base de tais noções, valorizações heterogêneas e indiretas, mas cujo tom efetivo é inegável. Em todos esses exemplos, encontraríamos, sob as teorias aceitas com maior ou menor facilidade pelos cientistas ou os filósofos, convicções amiúde bastante ingênuas. Essas convicções são luzes parasitas que turvam as legítimas claridades que o espírito deve acumular num esforço discursivo. É preciso que cada um se empenhe em destruir em si mesmo tais convicções não discutidas. É preciso que cada um aprenda a escapar da rigidez dos hábitos de espírito formados ao contato das experiências familiares. É preciso que cada um destrua, mais cuidadosamente ainda que suas fobias, suas "filias", suas complacências com as intuições primeiras.

Em resumo, sem querer instruir o leitor, seríamos recompensados de nossos esforços se pudéssemos convencê-lo a praticar um exercício no qual somos mestres: zombar de si mesmo. Nenhum progresso é possível no conhecimento objetivo sem essa ironia autocrítica. Digamos, para terminar, que só fornecemos uma parcela minúscula dos documentos que acumulamos ao longo de intermináveis leituras dos velhos livros científicos dos séculos XVII e XVIII, de sorte que esta pequena obra é apenas um esboço. Quando se trata de escrever tolices, seria realmente muito fácil fazer um livro grosso.

CAPÍTULO I

FOGO E RESPEITO. O COMPLEXO DE PROMETEU

I

O fogo e o calor fornecem meios de explicação nos domínios mais variados porque são, para nós, a ocasião de lembranças imperecíveis, de experiências pessoais simples e decisivas. O fogo é, assim, um fenômeno privilegiado capaz de explicar tudo. Se tudo o que muda lentamente se explica pela vida, tudo o que muda velozmente se explica pelo fogo. O fogo é o ultravivo. O fogo é íntimo e universal. Vive em nosso coração. Vive no céu. Sobe das profundezas da substância e se oferece como um amor. Torna a descer à matéria e se oculta, latente, contido como o ódio e a vingança. Dentre todos os fenômenos, é realmente o único capaz de receber tão nitidamente as duas valorizações contrárias: o bem e o mal. Ele brilha no Paraíso, abrasa no Inferno. É doçura e tortura.

Cozinha e apocalipse. É prazer para a criança sentada ajuizadamente junto à lareira; castiga, no entanto, toda desobediência quando se quer brincar demasiado de perto com suas chamas. O fogo é bem-estar e respeito. É um deus tutelar e terrível, bom e mau. Pode contradizer-se, por isso é um dos princípios de explicação universal.

Sem essa valorização primeira, não se compreenderia nem essa tolerância de julgamento que aceita as contradições mais flagrantes, nem esse entusiasmo que acumula sem provas os epítetos mais elogiosos. Por exemplo, que ternura e que disparate nesta página escrita por um médico ao final do século XVIII: "Entendo por fogo, não um calor violento, tumultuoso, irritante e antinatural, que queima em vez de cozer os humores, assim como os alimentos; mas o fogo brando, moderado, balsâmico; o qual, acompanhado de uma certa umidade, semelhante à do sangue, penetra os humores heterogêneos da mesma forma que as substâncias destinadas à nutrição, divide-os, atenua-os, pule a rudeza e a aspereza de suas partes, e os conduz, enfim, a tal ponto de suavidade e purificação que eles se veem harmonizados à nossa natureza[1]." Nessa página, não há um único argumento, um único epíteto que possa receber um sentido objetivo. No entanto, como ela nos convence! Parece-me que ela totaliza a força de persuasão do médico e a força insinuante do remédio. Como o fogo é o medicamento mais insinuante, é exaltando-o que o médico se faz mais persuasivo. Em todo caso, não consigo reler essa página — explique quem puder tal aproximação invencível — sem me lembrar, quando criança, do bom e solene médico com relógio de ouro, que vinha até minha cabeceira e tranquilizava com uma palavra sábia minha mãe inquieta. Era uma manhã de inverno em nossa pobre casa. O fogo brilhava na lareira. Davam-me xarope de tolu. Eu lambia a colher. Onde foram parar esses tempos do calor balsâmico e dos remédios de cálidos aromas?

II

Quando eu estava enfermo, meu pai acendia o fogo em meu quarto. Ele tinha um grande cuidado ao dispor as achas de lenha sobre os gravetas, ao introduzir entre os cães um punhado de cavacos. Fracassar ao acender um fogo teria sido uma estupidez imperdoável. Eu não imaginava que meu pai pudesse ser igualado nessa função, que ele jamais delegou a ninguém. De fato, não me lembro de ter acendido um fogo antes dos dezoito anos. Somente quando vivi na solidão é que fui senhor de minha lareira. Mas a *arte de atiçar,* que aprendi com meu pai, permaneceu em mim como uma vaidade. Preferiria, acredito, fracassar numa aula de filosofia do que em meu fogo da manhã. Assim, com que viva simpatia leio num autor estimado, completamente envolvido em pesquisas científicas, esta página que é, para mim, quase uma página de lembranças pessoais[2]: "Seguidamente me diverti com essa receita quando estava na casa dos outros, ou quando vinha alguém à minha casa: o fogo esmorecia; era preciso atiçar inutilmente, sabiamente, longamente, em meio a uma espessa fumaça. Recorria-se enfim aos gravetos, ao carvão, que nem sempre chegavam a tempo; depois de outros terem agitado várias vezes as achas enegrecidas, eu conseguia apoderar-me das tenazes, coisa que supõe paciência, audácia e sorte. Obtinha inclusive prorrogações em favor de um sortilégio, como aqueles Empíricos aos quais a Faculdade entrega um doente desesperado; limitava-me, então, a pôr frente a frente alguns tições, quase sempre sem que se pudesse perceber que eu havia tocado em algo. Repousava sem haver trabalhado; olhavam-me, dando a entender que eu agisse e, entretanto, a chama vinha e apoderava-se da acha; então, acusavam-me de ter lançado alguma substância, mas por fim reconheciam, segundo o costume, que eu havia aproveitado as correntes: não iriam investigar a totalidade de calores efluente, radiante, as pirosferas, as velocidades translativas, as séries caloríficas." E Ducarla continua, exibindo ao mesmo tempo seus talentos domésticos e seus conhecimentos teóricos ambiciosos, onde a propagação do fogo é descrita como uma progressão geométrica conforme "séries caloríficas". A despeito dessa matemática intrusa, o princípio fundamental do pensamento "objetivo" de Ducarla é bastante claro e sua psicanálise é imediata: ponhamos brasa contra brasa e a chama alegrará nosso lar.

III

Talvez se possa perceber aqui um exemplo do método que pretendemos seguir para uma psicanálise do conhecimento objetivo. Trata-se, com efeito, de encontrar a ação dos valores inconscientes na própria base do conhecimento empírico e científico. Cumpre-nos, pois, mostrar a luz recíproca que vai constantemente dos conhecimentos objetivos e sociais aos conhecimentos subjetivos e pessoais, e vice-versa. Cumpre mostrar, na experiência científica, os vestígios da experiência infantil. Deste modo estaremos autorizados a falar de um *inconsciente do espírito científico,* do caráter heterogêneo de certas evidências, e veremos convergir, sobre o estudo de um fenômeno particular, convicções formadas nos mais variados domínios.

Assim, talvez não se tenha reparado o bastante que o fogo é muito mais um *ser social* do que um *ser natural.* Para perceber como é bem fundada essa observação, não é preciso tecer considerações sobre o papel do fogo nas sociedades primitivas, nem insistir sobre as dificuldades técnicas da sua conservação; basta fazer psicologia positiva, examinando a estrutura e a educação de um espírito civilizado. De fato, o respeito ao fogo é um respeito ensinado, não é um respeito natural. O reflexo que nos faz retirar o dedo da chama de uma vela não desempenha, por assim dizer, nenhum papel consciente em nosso conhecimento. Podemos inclusive ficar espantados com que lhe deem tanta importância nos livros de psicologia elementar, onde aparece como o exemplo sempiterno da intervenção de uma espécie de reflexão no reflexo, de um conhecimento na sensação mais brutal. *Na realidade, as interdições sociais são as primeiras.* A experiência natural só vem em segundo lugar para acrescentar uma prova material *inopinada,* portanto demasiado obscura para fundar um conhecimento objetivo. A queimadura, isto é, a inibição natural, ao confirmar as interdições sociais, não faz senão valorizar mais, aos olhos da criança, a inteligência paterna. Há, portanto, na base do conhecimento infantil do fogo, uma interferência do natural e do social, em que este último é quase sempre dominante. Talvez se perceba isso melhor se compararmos a picada e a queimadura. Ambas ocasionam reflexos. Por que as *coisas pontiagudas* não são, como o fogo, objeto de respeito e temor? Precisamente porque as interdições sociais relativas às coisas pontiagudas são bem mais fracas do que as interdições relativas ao fogo.

Eis, então, a verdadeira base do respeito diante da chama: se a criança aproxima sua mão do fogo, seu pai lhe dá um tapa nos dedos. O fogo castiga sem necessidade de queimar. Seja esse fogo chama ou calor, lâmpada ou fogão, a vigilância dos pais é a mesma. Inicialmente, portanto, o fogo é objeto de uma *interdição geral;* donde a seguinte conclusão: a interdição social é nosso primeiro *conhecimento geral* sobre o fogo. O que se conhece primeiramente do fogo é que não se deve tocá-lo. À medida que a criança cresce, as interdições se espiritualizam: o tapa é substituído pela voz colérica; a voz colérica, pelo relato sobre os perigos de incêndio, pelas lendas sobre o fogo do céu. Assim, o fenômeno natural é rapidamente associado a conhecimentos sociais, complexos e confusos, que não dão muita oportunidade ao conhecimento ingênuo.

Por conseguinte, visto que as inibições são, à primeira vista, interdições sociais, o problema do conhecimento pessoal do fogo é o problema da *desobediência engenhosa*. A criança quer fazer como seu pai, longe de seu pai, e, qual um pequeno Prometeu, rouba fósforos. Corre, então, pelos campos e, no fundo de um barranco, ajudado por seus companheiros, acende a lareira dos gazeteiros. A criança das cidades pouco sabe desse fogo que flameja entre três pedras; não provou a ameixa assada nem o caracol, todo viscoso, lançado sobre as brasas vermelhas. Está isenta desse complexo de Prometeu cuja ação experimentei tantas vezes. Somente esse complexo pode nos fazer compreender o interesse que sempre desperta a lenda — em si bastante pobre — do pai do Fogo.

Convém, aliás, não confundir apressadamente esse *complexo de Prometeu* com o complexo de Édipo da psicanálise clássica. Sem dúvida os componentes sexuais dos devaneios sobre o fogo são particularmente intensos, e procuraremos em seguida evidenciá-los. Mas talvez seja preferível designar todas as nuances das convicções inconscientes por fórmulas diferentes, para só depois perceber como se aparentam os complexos. Uma das vantagens da psicanálise do conhecimento objetivo que propomos nos parece ser, precisamente, o exame de uma zona menos profunda do que aquela onde se desenrolam os instintos primitivos; e esta zona, por ser intermediária, tem uma ação determinante para o pensamento claro, para o pensamento científico. Saber e fabricar são necessidades que é possível caracterizar em si mesmas, sem colocá-las necessariamente em relação com a vontade de poder. Há no homem uma verdadeira *vontade de intelectualidade*. Subestima-se a necessidade de compreender, quando esta é colocada, como fazem o pragmatismo e o bergsonismo, sob a dependência absoluta do princípio de utilidade. Propomos, pois, agrupar, sob o nome de *complexo de Prometeu,* todas as tendências que nos impelem a *saber* tanto quanto nossos pais, mais que nossos pais, tanto quanto nossos mestres, mais que nossos mestres. Ora, é ao manipular o objeto, é ao aperfeiçoar nosso conhecimento objetivo, que podemos esperar situar-nos mais claramente no nível intelectual que admiramos em nossos pais e em nossos mestres. A supremacia através de instintos mais poderosos tenta, naturalmente, um número bem maior de indivíduos; contudo, espíritos mais raros também devem ser examinados pelo psicólogo. Se a intelectualidade pura é excepcional, ainda assim é muito característica de uma evolução especificamente humana. O complexo de Prometeu é o complexo de Édipo da vida intelectual.

CAPÍTULO II

FOGO E DEVANEIO. O COMPLEXO DE EMPÉDOCLES

I

A psiquiatria moderna elucidou a psicologia do incendiário. Mostrou o caráter sexual de suas tendências. Reciprocamente, ela trouxe à luz o traumatismo grave que pode receber um psiquismo ante o espetáculo de um palheiro ou um telhado em chamas, de uma grande fogueira contra o céu noturno, no infinito da planície lavrada. Quase sempre o incêndio nos campos é a enfermidade de um pastor. Como portadores de sinistras tochas, os homens miseráveis transmitem, de geração em geração, o contágio de seus sonhos de solitários. Um incêndio determina um incendiário quase tão fatalmente quanto um incendiário provoca um incêndio. O fogo propaga-se mais seguramente numa alma do que sob as cinzas. O incendiário é o mais dissimulado dos criminosos.

No asilo de Saint-Ylie, o incendiário mais caracterizado é bastante serviçal. Só há uma coisa que ele afirma não saber fazer: acender a estufa. À parte a psiquiatria, a psicanálise clássica estudou longamente os sonhos do fogo. Situam-se entre os mais claros, os mais nítidos, aqueles cuja interpretação sexual é a mais segura. Não insistiremos, portanto, sobre esse problema.

Para nós, que nos limitamos a psicanalisar uma camada psíquica menos profunda, mais intelectualizada, cumpre substituir o estudo dos sonhos pelo estudo do devaneio, mais especialmente, neste pequeno livro, o devaneio diante do fogo. Em nossa opinião, esse devaneio é extremamente diferente do sonho pelo próprio fato de se achar sempre mais ou menos centrado num objeto. O sonho avança linearmente, esquecendo seu caminho à medida que avança. O devaneio opera como estrela. Retorna a seu centro para emitir novos raios. E, precisamente, o devaneio diante do fogo, o doce devaneio consciente de seu bem-estar, é o mais naturalmente centrado. Figura entre os que melhor se prendem a seu objeto ou, se quiserem, a seu pretexto. Daí essa solidez e essa homogeneidade que lhe conferem tal encanto, que ninguém se desprende dele. Devaneio tão bem definido, que se tornou uma banalidade dizer que gostamos do fogo de lenha ardendo na lareira. Trata-se, então, do fogo calmo, regular, dominado, onde a grossa lenha queima em pequenas chamas. É um fenômeno monótono e brilhante, verdadeiramente total: ele fala e voa, ele canta.

O fogo encerrado na lareira foi certamente o primeiro tema de devaneio para o homem, símbolo do repouso, convite ao repouso. Dificilmente se concebe uma filosofia do repouso sem um devaneio diante das achas que ardem. Assim, acreditamos que não se entregar ao devaneio diante do fogo é perder o uso verdadeiramente humano e primeiro do fogo. Certamente o fogo aquece e reconforta. Mas só tomamos efetivamente consciência desse reconforto numa contemplação bastante prolongada; só recebemos o bem-estar do fogo se apoiamos os cotovelos nos joelhos e a cabeça nas mãos. Essa atitude vem de longe. A criança junto ao fogo a adota naturalmente. Não se trata, em absoluto, da atitude do Pensador. Determina uma atenção muito particular, que nada tem em comum com a atenção da espreita ou da observação. Muito raramente é utilizada para uma outra contemplação. Perto do fogo, é preciso sentar-se; é preciso repousar sem dormir; é preciso aceitar o devaneio objetivamente específico.

Evidentemente, os partidários da formação utilitarista do espírito não aceitarão uma teoria tão facilmente idealista e nos objetarão, para determinar o interesse que atribuímos ao fogo, as múltiplas utilidades do mesmo: o fogo não apenas aquece, mas também cozinha as carnes. Como se a lareira complexa, a lareira camponesa, impedisse o devaneio!

Dos dentes da cremalheira pendia o caldeirão negro. A marmita sobre três pés sobressaía nas cinzas quentes. Soprando com bochechas inchadas no tubo de aço, minha avó reavivava as chamas adormecidas. Tudo cozinhava ao mesmo tempo: as batatas para os porcos, as batatas mais finas para a família. Para mim, um ovo fresco era cozido debaixo das cinzas. O fogo não se mede com a ampulheta: o ovo estava cozido quando uma gota d'água, geralmente uma gota de saliva, evaporava-se sobre a casca. Fiquei bastante surpreso ao ler recentemente que Denis Papin vigiava sua marmita empregando o método de minha avó. Antes do ovo, eu era condenado a tomar a sopa de pão. Um dia, criança colérica e apressada, lancei colheres cheias de minha sopa aos dentes da cremalheira: "come cremalha, come cremalha!" Mas nos meus dias de amabilidade traziam-me a fôrma de *waffles*. Ela esmagava com seu retângulo o fogo de espinheiros, rubro como o dardo dos gladíolos. E já o *waffle* estava em meu prato, mais quente para os dedos do que para os lábios. Então sim, eu comia fogo, comia seu ouro, seu cheiro e até sua crepitação, à medida que o ardente *waffle* estalava sob meus dentes. E é sempre assim, por uma espécie de prazer de luxo, como sobremesa, que o fogo demonstra sua humanidade. Ele não se limita a cozinhar, ele tosta. Doura o biscoito. Materializa a festa dos homens. Por mais longe que se possa remontar, o valor gastronômico prevalece sobre o valor alimentar, e foi na alegria, não na penúria, que o homem encontrou seu espírito. A conquista do supérfluo produz uma excitação espiritual maior que a conquista do necessário. O homem é uma criação do desejo, não uma criação da necessidade.

II

Mas o devaneio junto à lareira tem aspectos mais filosóficos. O fogo, para o homem que o contempla, é um exemplo de pronto devir e um exemplo de devir circunstanciado. Menos abstrato e menos monótono do que a água que flui, mais rápido inclusive em crescimento e mudança do que o pássaro no ninho vigiado a cada dia nas moitas, o fogo sugere o desejo de mudar, de apressar o tempo, de levar a vida a seu termo, a seu além. Então, o devaneio é realmente arrebatador e dramático; amplifica o destino humano; une o pequeno ao grande, a lareira ao vulcão, a vida de uma lenha à vida de um mundo. O ser fascinado ouve o *apelo da fogueira*. Para ele, a destruição é mais do que uma mudança, é uma renovação.

Esse devaneio muito especial, no entanto bastante geral, determina um verdadeiro complexo em que se unem o amor e o respeito ao fogo, o instinto de viver e o instinto de morrer. Para sermos breves, poderíamos chamá-lo de *complexo de Empédocles*. Veremos seu desenvolvimento numa obra curiosa de George Sand. Trata-se de uma obra de juventude, salva do esquecimento por Aurora Sand. É possível que essa *Histoire du rêveur* (História do sonhador) tenha sido escrita antes da primeira viagem à Itália, antes do primeiro vulcão, após o casamento, mas antes do primeiro amor. Em todo caso, traz a marca do Vulcão mais imaginado que descrito. É um caso frequente na literatura. Por exemplo, encontraremos uma página bastante típica em Jean-Paul, ao sonhar que o Sol, filho da Terra, é projetado ao céu pela cratera de uma montanha em fusão. Mas, como o devaneio é mais instrutivo para nós que o sonho, sigamos George Sand.

Para ver de madrugada a Sicília em chamas junto ao mar resplandecente, o viajante sobe as encostas do Etna ao anoitecer. Detém-se para dormir na Gruta das Cabras, mas, não podendo conciliar o sono, sonha de olhos abertos ante o fogo de bétula; permanece naturalmente (p. 22) "com os cotovelos apoiados sobre os joelhos e os olhos fixos na brasa rubra de seu fogo, de onde se evadiam, sob mil formas e ondulações variadas, chamas brancas e azuis. Eis uma imagem reduzida, pensava ele, dos jogos da chama e dos movimentos da lava nas irrupções do Etna. Por que sou chamado a contemplar esse admirável espetáculo em todo o seu horror?" De que modo é possível admirar um espetáculo que jamais se viu? Porém, como para nos indicar melhor o eixo mesmo de seu *devaneio amplificante,* a autora continua: "Por que não tenho os olhos de uma formiga para admirar essa bétula abrasada? Com que transportes de cega alegria e de frenesi de amante esses enxames de pequenas falenas brancas aí se precipitam! Eis, para elas, o vulcão em toda a sua majestade! Eis o espetáculo de um imenso incêndio. Essa luz deslumbrante as embriaga e as exalta, como faria comigo a visão de toda a floresta incendiada." O amor, a morte e o fogo são unidos num mesmo instante. Por seu sacrifício no coração das chamas, a falena nos dá uma lição de eternidade. A morte total e sem vestígios é a garantia de que partimos plenamente para o além. Tudo perder para tudo ganhar. A lição do fogo é clara: "Após ter obtido tudo por destreza, por amor ou por violência, é preciso que cedas tudo, que te anules" (D'Annunzio, *Contemplação da Morte*). Assim é, pelo menos, como o reconhece Giono em *Verdadeiras riquezas* (*Vraies richesses*, p. 134), o impulso intelectual "nas velhas raças, entre os índios da Índia ou os astecas, entre os povos cuja filosofia e crueldade religiosas debilitaram até o dessecamento total, não deixando mais que um globo inteligente no alto da cabeça". Somente tais seres intelectualizados, seres entregues aos instintos de uma formação intelectual, continua Giono, "são capazes de forçar a porta da fornalha e penetrar no mistério do fogo".

É o que nos irá fazer compreender George Sand. Tão logo o devaneio é concentrado, aparece o gênio do vulcão. Ele dança "sobre as cinzas azuis e vermelhas... montado num floco de neve impelido pelo furacão". Ele arrasta o Sonhador para além do monumento quadrangular cuja fundação a tradição atribui a Empédocles (p. 50). "Vem, meu rei. Cinge tua coroa de chamas brancas e enxofre azul de onde brota uma chuva cintilante de diamantes e safiras!" E o Sonhador, disposto ao sacrifício, responde: "Eis-me aqui! Envolve-me em rios de lava ardente, abraça-me em teus braços de fogo, como um amante abraçando sua noiva. Vesti o manto vermelho. Estou engalanado com tuas cores. Veste também tua ardente túnica de púrpura. Cobre teus flancos com essas dobras resplandecentes. Etna, vem, Etna! Rompe tuas portas de basalto, vomita o betume e o enxofre. Vomita a pedra, o metal e o fogo!.." No seio do fogo, a morte não é morte. "A morte não saberia estar nessa região etérea aonde me transportas... Meu corpo frágil pode ser consumido pelo fogo, minha alma deve unir-se a esses elementos sutis de que és composto. — Pois bem! — diz o Espírito, lançando sobre o Sonhador uma parte de seu manto vermelho —, diz adeus à vida dos homens e segue-me na dos fantasmas."

Assim, um devaneio junto ao fogo, quando a chama torce os ramos finos da bétula, é suficiente para evocar o vulcão e a fogueira. Uma fagulha que se desprende na fumaça é suficiente para nos impelir a nosso destino! Como provar melhor que a contemplação do fogo nos conduz às próprias origens do pensamento filosófico? Se o fogo, fenômeno em verdade bastante excepcional e raro, foi considerado um elemento constituinte do universo, não será porque é o elemento do pensamento, o elemento de predileção para o devaneio?

Quando se reconhece um complexo psicológico, parece que se compreende melhor, mais sinteticamente, certas obras poéticas. De fato, uma obra poética só pode receber realmente sua unidade de um complexo. Se o complexo falta, a obra, privada de suas raízes, não se comunica mais com o inconsciente. Parece fria, factícia, falsa. Ao contrário, uma obra, mesmo inacabada, publicada com variantes e repetições como o *Empedokles* de Hölderlin, conserva uma unidade, pelo simples fato de inserir-se no complexo de Empédocles. Enquanto Hiperíon escolhe uma vida que se mistura mais intimamente à vida da Natureza, Empédocles escolhe uma morte que o funde no puro elemento do Vulcão. Essas duas soluções, diz com acerto Pierre Bertaux, encontram-se mais próximas do que parece à primeira vista. Empédocles é um Hiperíon que eliminou os elementos wertherianos, que, por seu sacrifício, consagra sua força e não confessa sua fraqueza; é o "homem realizado, herói mítico da antiguidade, sábio e seguro de si, para quem a morte voluntária é um ato de fé que demonstra a força de sua sabedoria"[1]. A morte nas chamas é a menos solitária das mortes. É realmente uma morte cósmica, em que todo um universo se aniquila com o pensador. A fogueira é uma companheira da evolução.

Giova ciò solo che non muore, e solo
Per noi non muore, ciò che muor con noi.

Só *é bom o que não morre, e para nós*
só *não morre o que morre conosco.*

D'Annunzio

Às vezes, é diante de um imenso braseiro que a alma se sente trabalhada pelo complexo de Empédocles. A Foscarina de D'Annunzio, abrasada pelas chamas íntimas de um amor desesperado, deseja a consumação da fogueira ao contemplar fascinada a fornalha do vidreiro[2]: "Desaparecer, ser engolida, não deixar vestígio!, urrava o coração da mulher, ébrio de destruição. Num segundo, esse fogo poderia devorar-me como a um sarmento, como a um argueiro de palha. E ela se aproximava das bocas abertas por onde se viam as chamas fluidas, mais resplandecentes que o meio-dia de verão, enrolarem-se nos potes de terra nos quais fundia, ainda informe, o mineral que os operários, postados ao redor, atrás do guardafogo, tocavam com uma haste de ferro para modelá-lo com o sopro de seus lábios."

Como se percebe, nas circunstâncias mais diversas o apelo da fogueira permanece um tema poético fundamental. Ele não mais corresponde, na vida moderna, a qualquer observação positiva. Mesmo assim, nos comove. De Victor Hugo a Henri de Régnier, a fogueira de Hércules continua, como um símbolo natural, a nos descrever o destino dos homens. O que é puramente factício para o conhecimento objetivo permanece, pois, profundamente real e ativo para os devaneios inconscientes. O sonho é mais forte que a experiência.

CAPÍTULO III

PSICANÁLISE E PRÉ-HISTÓRIA.
O COMPLEXO DE NOVALIS

I

Já faz tempo que a Psicanálise empreendeu o estudo das lendas e das mitologias. Ela organizou, para esse tipo de estudo, um material de explicações suficientemente rico para esclarecer as lendas que envolvem a conquista do fogo. Mas o que a Psicanálise não sistematizou ainda completamente — embora os trabalhos de C. G. Jung tenham lançado sobre esse ponto uma intensa luz — foi o estudo das explicações científicas, das explicações objetivas que pretendem fundar as descobertas dos homens pré-históricos. Neste capítulo, iremos reunir e completar as observações de C. G. Jung, chamando a atenção para a fragilidade das explicações racionais.

Inicialmente, deveremos criticar as explicações científicas modernas que nos parecem bastante inadequadas às descobertas pré-históricas. Tais explicações procedem de um racionalismo seco e rápido que pretende beneficiar-se de uma evidência recorrente, mas sem relação com as condições *psicológicas* das descobertas primitivas. Portanto, haveria lugar, acreditamos, para uma psicanálise indireta e segunda, que buscaria sempre o inconsciente sob o consciente, o valor subjetivo sob a evidência objetiva, o devaneio sob a experiência. Só se pode estudar o que primeiramente se sonhou. A ciência forma-se muito mais sobre um devaneio do que sobre uma experiência, e são necessárias muitas experiências para se apagarem as brumas do sonho. Em particular, o mesmo ato operando sobre a mesma matéria para produzir o mesmo resultado objetivo não tem idêntico sentido subjetivo em mentalidades tão diferentes quanto a do homem primitivo e a do homem instruído. Para o homem primitivo, o pensamento é um devaneio centralizado; para o homem instruído, o devaneio é um pensamento distendido. O sentido dinâmico é inverso de um caso a outro.

Por exemplo, é um *leitmotiv* da explicação racionalista que os primeiros homens produziram o fogo pela fricção de duas peças de madeira seca. Mas as razões *objetivas* invocadas para explicar de que maneira os homens teriam sido levados a imaginar esse procedimento são bastante frágeis. Com pouca frequência, aliás, alguém se arrisca a esclarecer a psicologia dessa primeira descoberta. Entre os raros autores que se preocupam com uma explicação, a maior parte lembra que os incêndios de florestas se produzem pela "fricção" dos ramos no verão. Tais autores aplicam precisamente o racionalismo recorrente que desejamos denunciar. Julgam por inferência a partir de uma ciência conhecida, sem reviver as condições da observação ingênua. Presentemente, quando não se consegue achar uma outra causa de incêndio de floresta, acaba-se pensando que a causa desconhecida pode ser a fricção. Mas, na verdade, pode-se dizer que o *fenômeno em seu aspecto natural jamais foi observado*. Veríamos que não é, propriamente falando, numa fricção que pensaríamos se o fenômeno fosse abordado com toda a ingenuidade. Pensaríamos num *choque*; nada encontraríamos capaz de sugerir um fenômeno longo, preparado, progressivo, como é a fricção que acabará por inflamar a madeira. Chegamos, portanto, à seguinte conclusão crítica: nenhuma das práticas baseadas na fricção, utilizadas pelos povos primitivos para produzir o fogo, pode ser sugerida diretamente por um fenômeno natural.

Essas dificuldades não escaparam a Schlegel. Sem chegar à solução, ele percebeu bem que o problema colocado em termos racionais não correspondia às possibilidades psicológicas do homem primitivo[1]. "A simples invenção do fogo, pedra angular de todo o edifício da cultura, como exprime tão bem a fábula de Prometeu, na suposição de um estado bruto, apresenta dificuldades insuperáveis. Nada mais trivial para nós que o fogo; mas o homem poderia ter vagado milhares de anos nos desertos, sem tê-lo visto uma única vez sequer sobre o solo terrestre. Concedamos-lhe um vulcão em erupção, uma floresta incendiada pelo raio. Endurecido em sua nudez contra a intempérie das estações, terá ele acorrido imediatamente para ali se aquecer? Não terá, ao contrário, empreendido a fuga? O aspecto do fogo apavora a maior parte dos animais, exceto os que a ele se habituaram pela vida doméstica... Mesmo após ter experimentado os efeitos benéficos de um fogo que lhe oferecia a natureza, de que modo o teria conservado?... Uma vez extinto, como conseguiria reacendê-lo? Supondo que dois pedaços de madeira seca caiam pela primeira vez entre as mãos de um selvagem, que indicação da experiência o fará adivinhar que eles podem se inflamar mediante uma fricção rápida e prolongada?"

II

Ao contrário, se uma explicação racional e objetiva é realmente pouco satisfatória para dar conta de uma descoberta por um espírito primitivo, uma explicação psicanalítica, ainda que pareça arriscada, deve finalmente ser a explicação psicológica verdadeira.

Em primeiro lugar, convém reconhecer que a

fricção é uma experiência fortemente sexualizada. Não será difícil convencer-se disso percorrendo os documentos psicológicos reunidos pela psicanálise clássica. Em segundo lugar, se quisermos sistematizar bem as indicações de uma psicanálise especial das impressões caloríficas, iremos nos convencer de que toda a tentativa *objetiva* de produzir o fogo pela fricção é sugerida por experiências inteiramente íntimas. Em todo caso, é desse lado que o circuito é mais curto entre o fenômeno do fogo e sua reprodução. O amor é a primeira hipótese científica para a reprodução objetiva do fogo. Prometeu é antes um amante vigoroso do que um filósofo inteligente, e a vingança dos deuses é uma vingança de ciúme.

Tão logo formulada essa observação psicanalítica, uma quantidade de lendas e costumes se explicam facilmente; expressões curiosas, misturadas inconscientemente às explicações racionalizadas, se esclarecem sob uma nova luz. Assim Max Muller, que trouxe aos estudos das origens humanas uma intuição psicológica tão penetrante, amparada em conhecimentos linguísticos profundos, aproxima-se muito da intuição psicanalítica, sem todavia discerni-la[2]. "Haveria tanta coisa a contar sobre o fogo!" E aqui está justamente a primeira: "Ele era filho de dois pedaços de madeira." Por que *filho*? Quem é seduzido por essa visão genética? O homem primitivo ou Max Muller? De que lado essa imagem é mais clara? É clara objetivamente ou subjetivamente? Onde está a experiência que a esclarece? Será a experiência objetiva da fricção de dois pedaços de madeira ou a experiência íntima de uma fricção mais suave, mais acariciante, que inflama um corpo amado? Basta colocar tais questões para desvendar o foco da convicção que acredita que o fogo é filho da madeira.

Devemos nos surpreender de que esse fogo impuro, fruto de um amor solitário, já esteja marcado, nem bem nascido, pelo complexo de Édipo? A expressão de Max Muller é reveladora a esse respeito: a segunda coisa que haveria a contar sobre esse fogo primitivo é "de que maneira, tão logo nascido, devorava seu pai e sua mãe, isto é, as duas peças de madeira das quais havia brotado". Jamais o complexo de Édipo foi melhor e mais completamente designado: se não consegues acender o fogo, o fracasso causticante irá roer teu coração, o fogo permanecerá em ti. Se produzes o fogo, a própria esfinge te consumirá. O amor não é senão um fogo a transmitir. O fogo não é senão um amor a surpreender.

Como Max Muller não podia naturalmente beneficiar-se dos esclarecimentos proporcionados pela revolução psicológica da era freudiana, certas inconsequências são visíveis até em sua tese linguística. Ele escreve, por exemplo: "E quando (o homem primitivo) pensava o fogo e o nomeava, o que devia acontecer? Não podia nomeá-lo, senão conforme o que o fogo fazia: consumir e iluminar." Deveríamos, pois, esperar, seguindo a explicação *objetiva* de Max Muller, que sejam os atributos *visuais* que venham designar um fenômeno concebido como primitivamente *visível*, sempre visto antes de ser tocado. Mas não: segundo as palavras de Max Muller, "eram sobretudo os movimentos rápidos do fogo que impressionavam o homem". Assim é que ele foi chamado "o vivo, o ág-il, Ag-nis, ig-nis". Essa designação por um fenômeno adjunto, objetivamente indireto, sem constância, não pode deixar de afigurar-se bastante artificial. Ao contrário, a explicação psicanalítica retifica tudo. Sim, o fogo é o Ag-nis, o Ág-il, mas o que é primitivamente ágil é a causa *humana* e não o fenômeno produzido, é a mão que enfia o pau na ranhura, imitando carícias mais íntimas. Antes de ser filho da madeira, o fogo é filho do homem.

III

O meio universalmente usado para esclarecer a psicologia do homem pré-histórico é o estudo dos povos primitivos ainda existentes. Mas, para uma psicanálise do conhecimento objetivo, há outras ocasiões de *primitividade* que nos parecem afinal mais pertinentes. Basta, com efeito, considerar um fenômeno *novo* para constatar a dificuldade de uma atitude objetiva verdadeiramente idônea. Parece que o *desconhecido* do fenômeno se opõe ativamente, positivamente, à sua objetivação. Ao desconhecido não corresponde a ignorância, mas sim o erro, e o erro sob a forma mais pesada das taras subjetivas. Para fazer a psicologia da *primitividade,* basta então considerar um conhecimento científico essencialmente novo e acompanhar as reações dos espíritos não científicos, mal preparados, ignorantes das vias da descoberta efetiva. A ciência elétrica do século XVIII oferece, a esse respeito, uma mina inesgotável de observações psicológicas. Em particular, o *fogo elétrico* talvez ainda mais que o fogo comum rebaixado à categoria de fenômeno banal, psicanaliticamente gasto, é um *fogo sexualizado.* Visto ser misterioso, é claramente sexual. Sobre a ideia da fricção, cuja evidente sexualidade primeira acabamos de sublinhar, iremos reencontrar, para a eletricidade, tudo o que dissemos a propósito do fogo. Charles Rabiqueau, "Advogado, Engenheiro privilegiado do Rei para todas as suas obras de Física e de Mecânica", escreve em 1753 um tratado sobre "O espetáculo do fogo elementar ou Curso de eletricidade experimental". Nesse tratado, pode-se ver uma espécie de recíproca da tese psicanalítica que sustentamos no presente capítulo para explicar a produção do fogo pela fricção. Uma vez que a fricção é causa da eletricidade, Rabiqueau irá desenvolver sobre o tema da fricção uma *teoria elétrica dos sexos* (pp. 111-112): "A fricção suave afasta as partes de espírito de ar que se opõem à passagem, à queda de uma matéria espirituosa, que denominamos líquido seminal. Essa fricção elétrica provoca em nós uma sensação, uma cócega, devido à finura das pontas de espírito de fogo, à medida que a rarefação se faz e esse espírito de fogo se acumula no lugar friccionado. Então, o líquido, não podendo suportar a ligeireza do espírito de fogo acumulado na atmosfera, deixa seu lugar e vem cair no útero, onde há também atmosfera: a vagina é apenas o conduto que leva ao reservatório geral que é o referido útero. Existe, no sexo feminino, uma parte sexífica. Essa parte é, para esse sexo, o que a parte sexífica do homem é para o homem. Está sujeita à mesma rarefação, cócega e sensação. Ela participa igualmente da fricção. As pontas de espírito de fogo são, inclusive, mais sensíveis no sexo feminino...

"O sexo feminino é depositário das pequenas esferas humanas que se encontram no ovário. Essas pequenas esferas são uma matéria elétrica sem ação, sem vida; como uma vela não acesa, ou um ovo prestes a receber o fogo de vida, a semente ou o grão; ou, enfim, como a isca ou o fósforo que esperam esse espírito de fogo..."

Talvez já tenhamos cansado a paciência do leitor; mas semelhantes textos, que poderiam ser estendidos e multiplicados, expressam bastante claramente as preocupações secretas de um espírito que pretende aplicar-se à "pura mecânica". Vemos, de resto, que o centro das convicções não é de maneira alguma a experiência objetiva. Tudo o que se fricciona, tudo o que arde, tudo o que eletriza é imediatamente suscetível de explicar a geração.

Quando os harmônicos sexuais inconscientes da fricção não se produzem, quando ressoam mal em almas secas e rígidas, a fricção, devolvida a seu aspecto puramente mecânico, perde de imediato seu poder de explicação. Desse ponto de vista, poder-se-ia talvez justificar psicanaliticamente as longas resistências que encontrou a teoria cinética do calor. Essa teoria, bastante clara para a representação consciente, deveras suficiente para um espírito sinceramente positivista, parece sem profundidade — entenda-se: sem satisfação inconsciente — para um espírito pré-científico. O autor de um *Ensaio sobre a causa da eletricidade,* dirigido em forma de cartas a G. Watson (*Essai sur la cause de l'électricité,* trad. franc., 1748), mostra nos seguintes termos sua desilusão: "Não encontro nada pior argumentado do que quando ouço dizer que o fogo é causado pela fricção. Julgo ser algo equivalente a dizer que a água é causada pela bomba."

Quanto à Madame du Châtelet, ela não parece encontrar nessa tese o menor esclarecimento e prefere acreditar num milagre: "É, sem dúvida, um dos maiores milagres da Natureza que o Fogo mais violento possa ser produzido num instante pela percussão dos corpos aparentemente mais frios." Assim, um fato que é verdadeiramente claro para um espírito científico fundado nos ensinamentos do energetismo moderno e capaz de compreender imediatamente que o arrancamento de uma partícula de sílex pode determinar sua incandescência é objeto de mistério para o espírito pré-científico de Madame du Châtelet. Falta-lhe uma explicação substancialista, uma explicação *profunda*. A *profundidade* é o que se oculta, é o que se cala. Sempre se tem o direito de pensar nisso.

IV

Nossa tese pareceria menos arriscada se as pessoas se dispusessem a abandonar um utilitarismo intransigente e cessassem de imaginar, sem discussão, o homem pré-histórico sob o signo da desgraça e da necessidade. Todos os viajantes nos falam em vão da despreocupação do primitivo; mesmo assim, continuamos a estremecer ante a imagem da vida no tempo do homem das cavernas. Talvez nosso ancestral fosse mais afável ante o prazer, mais consciente de sua felicidade, na proporção em que era menos delicado no sofrimento. O cálido bem-estar do amor físico deve ter valorizado muitas experiências primitivas. Para inflamar um pedaço de pau esfregando-o na ranhura da madeira seca, é preciso tempo e paciência. Mas essa tarefa devia ser bastante agradável para um indivíduo cujo devaneio inteiro era sexual. Foi, talvez, nesse terno trabalho que o homem aprendeu a cantar. Em todo caso, trata-se de um trabalho evidentemente rítmico, um trabalho que *responde* ao ritmo do trabalhador, que lhe proporciona belas e múltiplas ressonâncias: o braço que esfrega, as madeiras que gemem, a voz que canta, tudo se une na mesma harmonia, na mesma dinamogenia rítmica; tudo converge para uma mesma esperança, para um objetivo cujo *valor* se conhece. Assim que se começa a esfregar, tem-se a prova de um doce calor objetivo, ao mesmo tempo que a cálida impressão de um exercício agradável. Os ritmos sustentam-se uns aos outros. Induzem-se mutuamente e mantêm-se por autoindução. Se aceitássemos os princípios psicológicos da Ritmanálise de Pinheiro dos Santos, que nos aconselha a atribuir *realidade temporal* somente ao que vibra, compreenderíamos imediatamente o valor de dinamismo vital, de psiquismo coeso que intervém num trabalho assim ritmado. É realmente o ser inteiro em festa. É nessa festa, mais do que num sofrimento, que o ser primitivo encontra a consciência de si, e esta é primeiramente confiança em si.

A maneira como se imagina costuma ser mais instrutiva do que aquilo que se imagina. Basta ler o relato de Bernardin de Saint-Pierre para ficar impressionado com a facilidade — e, consequentemente, com a simpatia — com que o escritor "compreende" o procedimento primitivo do fogo por fricção. Perdido na floresta com Virginie, Paul quer dar à sua companheira o "fruto espinhoso" que se acha no topo de uma jovem palmeira. Mas a árvore desafia o machado e Paul não tem faca! Ele pensa em atear fogo ao pé da árvore, mas não tem pederneira! E, aliás, não a encontraria na ilha coberta de rochas! Observemos essas frases rápidas, cheias de volteios e emendas como a marca das tentações impossíveis. Elas preparam psicanaliticamente a decisão: é preciso recorrer ao procedimento dos negros. Tal procedimento irá se revelar tão fácil que nos surpreendemos com as hesitações que o precederam[3]. "Com a ponta de uma pedra ele fez um pequeno buraco num ramo de árvore bem seco que prende sob seus pés; depois, com o gume dessa pedra fez uma ponta num outro ramo igualmente seco, mas de uma espécie de madeira diferente. Colocou em seguida esse pedaço de pau pontiagudo no pequeno buraco do ramo que estava sob seus pés e, girando-o rapidamente entre as mãos, como se gira uma batedeira para tornar cremoso o chocolate, em pouco tempo fez brotar do ponto de contato fumaça e fagulhas. Juntou ervas secas e outros ramos de árvore, e ateou fogo ao pé da palmeira, que em breve caiu com grande estrondo. O fogo serviu-lhe ainda para despojar o fruto do invólucro de longas folhas lenhosas e picantes. Virginie e ele comeram uma parte desse fruto crua e a outra cozida sob as cinzas, e as acharam igualmente saborosas..." Observar-se-á que Bernardin de Saint-Pierre recomenda dois pedaços de madeira de *natureza diferente*. Para um primitivo, essa diferença é de ordem sexual. Em *Voyage en Arcadie,* o mesmo autor irá especificar, de maneira inteiramente gratuita, a hera e o louro.

Notemos também que a comparação dos paus de acender com a batedeira que torna cremoso o chocolate encontra-se na Física do abade Nollet, do qual Bernardin de Saint-Pierre, movido por suas pretensões científicas, era leitor. Essa mistura de sonho e de leitura, por si só, é sintomática de uma racionalização. Aliás, em nenhum momento o escritor pareceu perceber as inconsequências de seu relato. Uma doce imaginação o transporta, seu inconsciente descobre as alegrias do primeiro fogo aceso sem sofrimento, na suave confiança de um amor partilhado.

Além do mais, é muito fácil constatar que a *eurritmia* de uma fricção ativa, contanto que suficientemente suave e prolongada, determina uma *euforia*. Basta esperar que a aceleração raivosa se acalme, que os diferentes ritmos se coordenem, para ver o sorriso e a paz brotarem no rosto do trabalhador. Essa alegria é inexplicável objetivamente. É a marca de uma potência afetiva específica. Assim se explica a alegria de esfregar, de lustrar, de polir, de encerar, que não encontraria sua explicação suficiente no cuidado meticuloso de certas donas de casa. Balzac observou em *Gobseck* que os "frios interiores" das solteironas figuravam entre os mais reluzentes. Psicanaliticamente, a limpeza é uma imundície.

Em suas teorias paracientíficas, certos espíritos não hesitam em acentuar a *valorização* da fricção, ultrapassando o estágio dos amores solitários no devaneio para alcançar o dos amores partilhados. J.-B. Robinet, cujos livros tiveram numerosas edições, escreve em 1766: "A pedra que friccionamos para torná-la luminosa compreende o que exigimos dela, e seu brilho prova sua condescendência... Não posso crer que os minerais nos façam tanto bem por suas virtudes, sem gozar da doce satisfação que é a primeira e maior recompensa da beneficência." Opiniões tão absurdas objetivamente devem ter uma causa psicológica profunda. Às vezes Robinet detém-se, com medo "de exagerar". Um psicanalista diria: "com medo de se trair". Mas o exagero já é bastante visível. É uma realidade psicológica a explicar. Não temos o direito de deixá-la em silêncio, como faz uma história das ciências sistematicamente preocupada com resultados positivos.

Em resumo, propomos, a exemplo de C. G. Jung, pesquisar sistematicamente os componentes da libido em todas as atividades primitivas. Com efeito, não é apenas na arte que se sublima a libido. Ela é a fonte de todos os trabalhos do *homo faber*. Falou muito bem quem definiu o homem como uma mão e uma linguagem. Mas os gestos *úteis* não devem ocultar os gestos *agradáveis*. A mão é, precisamente, o órgão das carícias, assim como a voz é o órgão dos cantos. Primitivamente, carícia e trabalho deviam estar associados. Os longos trabalhos são trabalhos relativamente suaves. Um viajante fala de primitivos que formam objetos no polidor, num trabalho que leva dois meses. Quanto mais suave o brunidor, mais belo o polido. De uma forma um tanto paradoxal, diríamos de bom grado que a idade da pedra lascada é a idade da pedra maltratada, enquanto a idade da pedra polida é a idade da pedra acariciada. O homem brutal rompe o sílex, não o trabalha. O que trabalha o sílex, ama o sílex, e não se amam as pedras de outro modo que se amam as mulheres.

Quando se contempla um machado de sílex talhado, é impossível resistir à ideia de que cada faceta bem trabalhada foi obtida por uma *redução* da força, por uma força inibida, contida, administrada; enfim, por uma força *psicanalisada*. Com a pedra polida, passa-se da carícia descontínua à carícia contínua, ao movimento suave e envolvente, ritmado e sedutor. Em todo caso, o homem que trabalha com tal paciência é sustentado, ao mesmo tempo, por uma recordação e uma esperança, e é nas potências afetivas que se deve buscar o segredo de seu devaneio.

V

Um signo de festa associou-se para sempre à produção do fogo pela fricção. Nas festas do fogo, tão célebres na Idade Média, tão universalmente difundidas entre os povos primitivos, regressa-se às vezes ao costume inicial, o que parece provar que o *nascimento* do fogo é o princípio de sua adoração. Na Germânia, diz-nos A. Mauty, o *nothfeuer* ou *nodfyr* devia ser aceso esfregando-se dois pedaços de madeira um contra o outro. Chateaubriand descreve-nos longamente a festa do *fogo novo* entre os natchez. Na véspera, deixou-se extinguir o fogo que ardia havia um ano. Antes do amanhecer, o sacerdote esfrega dois paus secos, pronunciando em voz baixa palavras mágicas. Quando surge o sol, o sacerdote acelera o movimento. "No instante em que o Grão-Sacerdote emite o *oah* sagrado, o fogo brota da madeira aquecida pela fricção, a mecha preparada se acende... o prestidigitador transmite o fogo aos círculos de caniço; a chama serpenteia seguindo sua espiral. Cascas de carvalho são acesas no altar, e esse fogo novo produz, em seguida, uma nova semente para os fogos extintos da aldeia[4]." Assim essa festa dos natchez, que reúne a festa do sol e a festa da colheita, é, sobretudo uma festa da *semente* do fogo. Para que essa semente tenha toda a sua virtude, é preciso colhê-la em sua vivacidade primeira, quando brota do esfregar ignífero. O método da fricção aparece, pois, como o método *natural*. Uma vez mais, é natural porque o homem chega a ele *por sua própria natureza*. Em verdade, o fogo foi surpreendido em nós antes de ser roubado do Céu.

Frazer dá numerosos exemplos de fogos de festa acesos pela fricção. Entre outros, as fogueiras escocesas de Beltane eram acesas pelo *fogo forçado* ou *fogo necessário*[5]. "Era um fogo produzido exclusivamente pela fricção de duas peças de madeira uma contra a outra. Assim que as primeiras fagulhas apareciam, aproximava-se delas uma espécie de cogumelo que cresce sobre as bétulas velhas e que se inflama com muita facilidade. Na aparência, tal fogo podia passar como diretamente proveniente do céu e se lhe atribuía todo tipo de virtude. Acreditava-se, em particular, que protegia os homens e os animais contra as enfermidades graves..." Cabe perguntar a que aparência refere-se Frazer para dizer que esse *fogo forçado provém diretamente do céu*. Mas é todo o sistema de explicação de Frazer que, nesse ponto, parece-nos mal orientado. Com efeito, Frazer coloca o motivo de suas explicações em *utilidades*. Assim, dos fogos de festa retiram-se as cinzas que vão fecundar os campos de linho, trigo e cevada. Essa primeira prova introduz uma espécie de *racionalização inconsciente* que orienta mal um leitor moderno facilmente convencido da utilidade dos carbonatos e outros adubos químicos. Mas vejamos mais de perto o deslizamento para os valores obscuros e profundos. Essas cinzas do *fogo forçado* não apenas são dadas à terra que deve produzir as colheitas, mas também misturadas ao alimento do gado para a engorda. Às vezes, para que o gado procrie. Assim, o princípio psicológico do costume é patente. Quer se alimente um animal ou se adube um campo, existe, para além da utilidade clara, um sonho mais íntimo, o sonho da fecundidade sob a forma mais sexual. As cinzas das fogueiras fecundam tanto os animais como os campos, pois fecundam as mulheres. A experiência do fogo do amor é que é a base da indução objetiva. Uma vez mais, a explicação pelo *útil* deve ceder ante a explicação pelo *agradável*, a explicação racional ante a explicação psicanalítica. Quando se põe o acento, como propomos, sobre o valor agradável, deve-se convir que, se o fogo é *útil depois*, ele é agradável em sua preparação. Talvez seja mais agradável antes do que depois, como o amor. No mínimo, a felicidade resultante está sob a dependência da felicidade buscada. E se o homem primitivo tem a convicção de que o fogo de festa, de que o fogo originário possui todo tipo de virtudes e proporciona força e saúde, é que ele experimenta o bem-estar, a força íntima e quase invencível do homem que vive esse minuto decisivo em que o fogo vai brilhar e os desejos vão ser satisfeitos.

Mas é preciso ir mais longe e inverter, parece-nos, em todos os seus detalhes a explicação de Frazer. Para Frazer, os fogos de festa são celebrações relativas à morte das divindades da vegetação, em particular a vegetação das florestas. Pode-se, então, perguntar por que as divindades da vegetação ocupam um lugar tão grande na alma primitiva. Qual é, pois, a primeira função *humana* dos bosques: a sombra? o fruto tão raro e mesquinho? Não será antes o fogo? Eis o dilema: acendem-se fogueiras para adorar a madeira, como acredita Frazer, ou queima-se a madeira para adorar o fogo, como quer uma explicação mais profundamente animista? Parece-nos que esta última explicação esclarece muitos detalhes das *festas do fogo* que permanecem inexplicados na interpretação de Frazer. Por exemplo, por que a tradição recomenda em geral que os fogos de festa sejam acesos conjuntamente por uma mulher e um homem jovens (p. 487) ou pelo habitante da aldeia que tenha sido o último a se casar (p. 460)? Frazer nos descreve os jovens "saltando sobre as cinzas para obter uma boa colheita, ou para arranjar naquele ano um bom casamento, ou ainda para evitar as cólicas". Desses três motivos, não existe um que, para a juventude, é nitidamente predominante? Por que (p. 464) é "a mais jovem casada da aldeia (que) deve saltar sobre o fogo"? Por que (p. 490), na Irlanda, "quando uma jovem salta três vezes para diante e para trás sobre o fogo, (se diz) que ela se casará logo, será feliz e terá muitos filhos"? Por que (p. 493) certos jovens estão "convencidos de que a fogueira de São João não os queimará"? Para fundamentar tão estranha convicção, não terão eles uma experiência mais íntima que objetiva? E como se explica que os brasileiros ponham "carvões em brasa na boca sem se queimar"? Qual a experiência primeira que lhes inspirou essa audácia? Por que (p. 499) os irlandeses fazem "passar pelas fogueiras do solstício seus animais que eram estéreis"? E a seguinte lenda do vale do Lech também é bastante clara: "quando um rapaz e uma moça saltam juntos sobre uma dessas fogueiras sem serem atingidos sequer pela fumaça, se diz que a jovem não será mãe naquele ano porque as chamas não a tocaram nem fecundaram." Ela demonstrou habilidade em brincar com o fogo sem se queimar. Frazer pergunta-se se seria possível associar a essa última crença "as cenas de orgia a que se entregam os estonianos no dia do solstício". Não nos dá, porém, num livro que não teme a acumulação de referências, um relato dessa orgia ígnea. Tampouco acredita dever nos dar um relato circunstanciado da festa do fogo na Índia setentrional, festa "acompanhada de cantos e gestos licenciosos, quando não obscenos".

Assim, a última observação denuncia de algum modo a mutilação dos meios de explicação. Teríamos podido multiplicar as questões que permanecem sem resposta na tese de Frazer e que se resolvem espontaneamente na tese da sexualização primitiva do fogo. Nada mais suscetível de fazer compreender melhor a insuficiência das explicações sociológicas do que a leitura paralela do *Ramo de Ouro* de Frazer e da *Libido* de Jung. Mesmo sobre um ponto ultrapreciso como o *problema do visco* a perspicácia do psicanalista revela-se decisiva. Encontraremos, aliás, no livro de Jung, numerosos argumentos em apoio de nossa tese sobre o caráter sexual da fricção e do fogo primitivo. Não fizemos mais que sistematizar esses argumentos, acrescentando-lhes documentos extraídos de uma região espiritual menos profunda, mais próxima do conhecimento objetivo.

VI

O livro especial de Frazer que tem por título *Mitos sobre a origem do fogo* revela a cada página traços sexuais tão evidentes, que sua psicanálise é realmente inútil. Como o objetivo de nosso pequeno livro é estudar, antes de tudo, as mentalidades modernas, não nos estenderemos sobre as mentalidades primitivas estudadas por Frazer. Daremos apenas alguns exemplos, mostrando a necessidade de retificar a interpretação do sociólogo no sentido psicanalítico.

Frequentemente o criador do fogo é um pequeno pássaro cuja cauda tem uma marca vermelha, que é o sinal do fogo. Numa tribo australiana, a lenda é muito engraçada, ou, melhor dizendo, é porque se faz graça que se consegue obter o fogo. "A serpente surda era a única, outrora, a possuir o fogo, que guardava escondido no interior de seu corpo. Todos os pássaros haviam tentado em vão consegui-lo, até que apareceu o pequeno falcão, que *fez* brincadeiras tão ridículas que a serpente não pôde guardar sua seriedade e começou a rir. Então, o fogo escapou-se dela e tornou-se propriedade comum" (*Mytbe sur l'origine du feu,* trad. franc., p. 18). Assim, como sói acontecer, a lenda do fogo é a lenda do amor pícaro. O fogo está associado a incontáveis brincadeiras.

Em muitos casos, o fogo é *roubado*. O complexo de Prometeu é disperso entre todos os animais da criação. Na maioria das vezes, o ladrão do fogo é um pássaro, uma corruíra, um pintarroxo, um colibri, portanto um animal pequeno. Às vezes é um coelho, um texugo, uma raposa, que levam o fogo na ponta do rabo. Em outras ocasiões, mulheres se batem: "ao final, uma das mulheres quebrou seu bastão de combate e dele imediatamente saiu fogo" (p. 33). O fogo é também produzido por uma velha, que "sacia sua raiva arrancando dois pedaços de pau e esfregando-os violentamente um contra o outro". Várias vezes a criação do fogo se associa a uma violência similar. O fogo é o fenômeno objetivo de uma raiva íntima, de uma mão que se enerva. É, assim, surpreendente perceber sempre um estado psicológico excepcional, fortemente tingido de afetividade, na origem de uma descoberta objetiva. Pode-se, então, distinguir vários tipos de fogo, o fogo suave, o fogo sorrateiro, o fogo rebelde, o fogo violento, caracterizando-os pela psicologia inicial dos desejos e das paixões.

Uma lenda australiana recorda que um animal totêmico, um certo euro, trazia o fogo em seu corpo. Um homem o matou. "Ele examinou cuidadosamente o corpo para ver como o animal fazia fogo, de onde vinha o fogo; arrancou o órgão genital masculino, que era muito comprido, partiu-o ao meio e viu que continha um fogo muito vermelho" (p. 34). De que maneira semelhante lenda poderia se perpetuar, se cada geração não tivesse razões íntimas para acreditar nela?

Numa outra tribo, "os homens não tinham fogo e não sabiam fazê-lo, mas as mulheres sim. Enquanto os homens saíram a caçar no mato, as mulheres cozinharam sua comida e a comeram sozinhas. Justo ao terminarem a refeição, viram de longe os homens se aproximando. Como não queriam que eles tivessem conhecimento do fogo, juntaram apressadamente as cinzas que ainda estavam acesas e as dissimularam em sua vulva, para que os homens não pudessem vê-las. Quando os homens chegaram, disseram: Onde está o fogo? Mas as mulheres responderam: Não há fogo". Estudando tal relato, há que confessar *a total impossibilidade da explicação realista,* ao passo que a explicação psicanalítica é, ao contrário, imediata. Com efeito, é evidente que não se possa ocultar no interior do corpo humano, como afirmam tantos mitos, o fogo *real*, o fogo *objetivo*. Do mesmo modo, é apenas no plano sentimental que se pode mentir tão descaradamente e dizer, contra toda evidência, negando o desejo mais íntimo: não há fogo.

Num mito da América do Sul, o herói, para obter o fogo, persegue uma mulher (p. 164): "Saltou sobre ela e a pegou. Disse-lhe que a faria prisioneira se ela não lhe revelasse o segredo do fogo. Após várias tentativas para escapar, ela consente. Senta-se no chão, com as duas pernas bem abertas. Agarrando a parte superior de seu ventre, deu-lhe uma forte sacudida e uma bola de fogo rolou no chão, saindo do conduto genital. Não era o fogo que conhecemos hoje, não queimava, nem fazia ferver as coisas. Essas propriedades se perderam quando a mulher o deu; Ajijeko disse, no entanto, que podia remediar a situação; recolheu todas as cascas, todos os frutos e toda a pimenta vermelha que ardem e, juntando-os com o fogo da mulher, fez o fogo que utilizamos hoje." Esse exemplo nos dá uma clara descrição da passagem da *metáfora à realidade*. Notemos que essa passagem não se faz, como postula a explicação realista, da realidade à metáfora, mas ao contrário, seguindo a inspiração da tese que defendemos, das metáforas de origem subjetiva a uma realidade objetiva: o fogo do amor e o fogo da pimenta, reunidos, acabam por inflamar as ervas secas. É esse absurdo que explica a descoberta do fogo.

De uma maneira geral, é impossível lermos o livro tão rico, tão cativante, de Frazer sem ficarmos impressionados com a pobreza da explicação realista. As lendas estudadas alcançam certamente o milhar e apenas duas ou três são explicitamente referidas à sexualidade (pp. 63-267). Quanto ao resto, apesar do sentido afetivo subjacente, imaginamos que o mito foi criado em função das explicações objetivas. Assim (p. 110), "o mito havaiano da origem do fogo, como muitos mitos australianos do mesmo tipo, serve também para explicar a cor particular de uma certa espécie de pássaro". Em outra parte, o roubo do fogo por um coelho serve para explicar a cor ruiva ou negra de seu rabo. Tais explicações, hipnotizadas por um detalhe objetivo, não conseguem explicar a primitividade do interesse *afetivo*. A fenomenologia primitiva é uma fenomenologia da afetividade: fabrica seres objetivos com fantasmas projetados pelo devaneio, imagens com desejos, experiências materiais com experiências somáticas e fogo com amor.

VII

Os românticos, voltando às experiências mais ou menos duradouras da primitividade, reencontram, sem se darem conta disso, os temas do fogo sexualmente valorizados. G.-H. von Schubert escreve, por exemplo, esta frase que só se esclarece de fato por uma psicanálise do fogo: "Do mesmo modo que a amizade nos prepara para o amor, é também pela fricção dos corpos semelhantes que nasce a nostalgia (o calor) e brota o amor (a chama)." Como expressar melhor que a nostalgia é a lembrança do calor do ninho, a lembrança do amor acalentado pelo *"calidum innatum"*? A poesia do ninho, do aprisco, não tem outra origem. Nenhuma impressão objetiva buscada nos ninhos entre as moitas jamais teria podido fornecer esse luxo de adjetivos que valorizam a tepidez, a doçura, o calor do ninho. Sem a lembrança do homem aquecido pelo homem, como uma duplicação do calor *natural*, é impossível conceber que amantes falem de seu ninho bem abrigado. O suave calor encontra-se na origem da consciência da felicidade. Mais precisamente, é a consciência das origens da felicidade.

Toda a poesia de Novalis poderia receber uma interpretação nova se quiséssemos lhe aplicar a psicanálise do fogo. Essa poesia é um esforço para reviver a *primitividade*. Para Novalis, o conto é sempre, em maior ou menor escala, uma cosmogonia. É contemporâneo de uma alma e de um mundo que se engendram. O conto, diz ele, é "a era... da liberdade, o estado primitivo da natureza, a idade anterior do Cosmos"[7]. Eis, então, em toda a sua clara ambivalência, o *deus fricção,* que irá produzir o fogo e o amor. A bela filha do rei Artur "estendia-se apoiada em sedosas almofadas, num trono artisticamente esculpido num enorme cristal de enxofre; e algumas aias friccionavam com ardor seus membros delicados, nos quais pareciam fundir-se o leite e a púrpura."

"Por todos os lugares onde passava a mão das servas aflorava a luz radiante, com que todo o palácio resplandecia de maneira tão maravilhosa..."

Essa luz é íntima. O ser acariciado resplandece de felicidade. A carícia não é outra coisa que a fricção simbolizada, idealizada.

Mas a cena continua:

"O herói guardou silêncio."

"— Deixa-me tocar teu escudo — disse ela com doçura."

E tendo ele consentido:

"Sua armadura vibrou; e uma força vivificante percorreu todo o seu corpo. Seus olhos emitiram clarões; ouvia-se o coração bater contra a couraça.

"A formosa Freya pareceu mais serena; e mais ardente fez-se a luz que escapava dela."

"— O rei chega! — gritou um admirável pássaro..."

Se acrescentarmos que esse pássaro é a "Fênix", a Fênix que renasce de suas cinzas, como um desejo por um momento apaziguado, veremos de resto que essa cena é marcada pela dupla primitividade, do fogo e do amor. Se nos inflamamos quando amamos, isso prova que amamos quando nos inflamamos.

"Quando Eros transportado de alegria viu-se diante de Freya adormecida, um estrondo súbito e formidável ouviu-se. Uma faísca poderosa havia corrido da princesa ao gládio."

A imagem psicanalítica exata teria levado Novalis a dizer: do gládio à princesa. Em todo caso, "Eros deixou cair o gládio. Correu para a princesa e imprimiu um beijo de fogo em seus lábios frescos"[8].

Se retirássemos da obra de Novalis as intuições do fogo primitivo, parece que toda a poesia e todos os sonhos se dissipariam ao mesmo tempo. O caso de Novalis é tão característico que se poderia fazer dele o tipo de um complexo particular. Nomear as coisas no domínio da psicanálise muitas vezes é suficiente para provocar um *precipitado*: antes do nome, só havia uma solução amorfa e confusa; após o nome, veem-se cristais no fundo do líquido. O complexo de Novalis sintetizaria, então, o impulso para o fogo provocado pela fricção, a necessidade de um calor partilhado. Esse impulso reconstituiria, em sua primitividade exata, a conquista pré-histórica do fogo. O complexo de Novalis é caracterizado por uma consciência do calor íntimo que ultrapassa sempre uma ciência completamente visual da luz. Está fundado numa satisfação do sentido térmico e na consciência profunda da felicidade calorífica. O calor é um bem, uma posse. É preciso conservá-lo ciosamente e só doá-lo a um ser eleito que mereça uma comunhão, uma fusão recíproca. A luz brinca e ri na superfície das coisas, mas só o calor *penetra*. Numa carta a Schlegel, Novalis escrevia: "Vejo em meu conto minha antipatia pelos jogos de luz e sombra, e o desejo do Éter claro, cálido e penetrante."

Essa necessidade de *penetrar*, de ir ao *interior* das coisas, ao *interior* dos seres, é uma sedução da intuição do calor íntimo. Lá onde o olhar não chega, onde a mão não entra, o calor se insinua. Essa comunhão por dentro, essa simpatia térmica, encontrará, em Novalis, seu símbolo na descida ao oco da montanha, na gruta e na mina. É lá que o calor se difunde e se nivela, lá que ele se esbate como o contorno de um sonho. Como reconheceu muito bem Nodier, toda descrição de uma descida aos infernos tem a estrutura de um sonho[9]. Novalis sonhou a cálida intimidade terrestre, como outros sonham a fria e esplêndida expansão do céu. Para ele, o mineiro é um "astrólogo invertido". Novalis vive mais de um calor concentrado que de uma irradiação luminosa. Quantas vezes meditou "à beira das profundezas obscuras"! Ele não foi o poeta do mineral por ser engenheiro de minas; foi engenheiro, embora poeta, para obedecer ao apelo subterrâneo, para retornar ao *"calidum innatum"*. Como ele mesmo diz, o mineiro é o herói da profundeza, pronto "a receber os dons celestes e a exaltar-se alegremente, além do mundo e suas misérias". O mineiro canta a Terra: "A Ela sente-se ligado — e intimamente unido —; por Ela sente o mesmo ardor que por uma noiva." A Terra é o seio materno, cálido como um regaço para um inconsciente de criança. O mesmo calor anima tanto a pedra como os corações (p. 127). "Dir-se-ia que o mineiro tem nas veias o fogo interior da terra que o excita a percorrê-la."

No centro estão os germes; no centro está o fogo que engendra. O que germina, arde. O que arde, germina. "Tenho necessidade... de flores brotadas do Fogo... — Zinco! chamou o Rei[10], consiga-nos flores... O jardineiro saiu do seu lugar, foi pegar um vaso cheio de chamas e nele semeou um grão brilhante. Não demorou muito para que as flores surgissem..."

Talvez um espírito positivo se esforce em desenvolver aqui uma interpretação *pirotécnica*. Ele nos mostrará a chama reluzente do zinco projetando no ar os flocos brancos e ofuscantes de seu óxido. Escreverá a fórmula da oxidação. Mas essa interpretação *objetiva*, descobrindo uma causa química do fenômeno que espanta, jamais nos levará ao centro da imagem, ao núcleo do complexo novalisiano. Tal interpretação inclusive nos enganará sobre a classificação dos valores figurados, pois, ao segui-la, não compreenderemos que, num poeta como Novalis, a necessidade de sentir prevaleça sobre a necessidade de ver e que, antes da luz goetheana, seja preciso colocar aqui o suave calor obscuro, inscrito em todas as fibras do ser.

Certamente, há na obra de Novalis tons mais suaves. Frequentemente o amor dá lugar à nostalgia, no mesmo sentido de Von Schubert; mas a marca do calor permanece indelével. Objetareis ainda que Novalis é o poeta da "florzinha azul", o poeta do miosótis lançado como penhor da lembrança imperecível, à beira do precipício, na própria sombra da morte. Mas ide ao fundo do inconsciente; reencontrai, com o poeta, o sonho primitivo e vereis claramente a verdade: a florzinha azul é vermelha!

CAPÍTULO IV

O FOGO SEXUALIZADO

I

Se a conquista do fogo é, primitivamente, uma "conquista" sexual, não devemos nos surpreender com que o fogo tenha permanecido sexualizado, por tanto tempo e tão vigorosamente. Há nisso um tema de valorização que perturba profundamente as pesquisas objetivas sobre o fogo. Assim, neste capítulo, antes de abordarmos, no capítulo seguinte, a química do fogo, iremos mostrar a necessidade de uma psicanálise do conhecimento objetivo. A valorização sexual que queremos denunciar pode ser oculta ou explícita. Naturalmente, são os valores secretos e obscuros os mais refratários à psicanálise. São também os mais ativos. Os valores claros ou muito alardeados são imediatamente reduzidos pelo ridículo. A fim de marcar bem a *resistência* do inconsciente mais oculto, comecemos, pois, com exemplos onde essa resistência é tão frágil, que o próprio leitor, rindo, irá fazer a redução, sem que tenhamos de sublinhar erros manifestos.

Para Robinet[1], o fogo elementar é capaz de *reproduzir* seu semelhante. É uma expressão usada e *sem valor*, sobre a qual habitualmente se passa sem prestar atenção. Mas Robinet lhe atribui o sentido primeiro e forte. Pensa que o *elemento do fogo nasceu de um germe específico*. Assim, como toda força que *engendra*, o fogo pode ser afetado de esterilidade a partir de certa idade. Por isso, sem parecer ter conhecimento dos relatos sobre as festas do fogo novo, do fogo renovado, Robinet, em seu devaneio, redescobre a *necessidade genética* para o fogo. Se este é abandonado à sua vida natural, mesmo sendo alimentado, envelhece e morre como os animais e as plantas.

Naturalmente, os diversos fogos devem trazer a marca indelével de sua individualidade[2]: "O fogo comum, o fogo elétrico, o dos fósforos, dos vulcões, do raio, têm diferenças essenciais, intrínsecas, que é natural relacionar a um princípio mais interno do que a acidentes que modificarão a mesma matéria ígnea." Já percebemos em ação a intuição de uma substância captada em sua intimidade, em sua vida, logo, em seu poder de geração. Robinet continua: "Cada raio poderia muito bem ser o efeito de uma nova produção de seres ígneos que, crescendo rapidamente graças à abundância dos vapores que os alimentam, são reunidos pelos ventos e transportados aqui e acolá na região média do ar. As novas bocas dos vulcões que se multiplicam na América, as novas erupções das antigas bocas, anunciariam também os frutos e a fecundidade dos fogos subterrâneos." Evidentemente, essa fecundidade não é uma metáfora. Convém tomá-la em seu sentido sexual mais preciso.

Esses seres ígneos, nascidos do Trovão quando cai o raio, escapam à observação. Mas Robinet pretende ter à sua disposição observações precisas[3]: "Tendo batido uma pederneira numa folha de papel e examinado com um bom microscópio os lugares onde as faíscas haviam caído, assinalados por pequenas manchas escuras, Hooke percebeu átomos redondos e brilhantes, embora a simples vista não revelasse nada. Eram pequenos vermes reluzentes."

A vida do fogo, feita de faíscas e movimentos bruscos, não lembra a vida do formigueiro? (p. 235) "Ao menor sinal, vemos as formigas agitarem-se e saírem tumultuosamente de sua morada subterrânea; assim também, ao menor impulso de um fósforo, vemos os animálculos ígneos reunirem-se e produzirem-se exteriormente sob uma aparência luminosa."

Enfim, só a vida é capaz de dar uma razão *profunda e íntima* à individualidade manifesta das cores. Para explicar as sete cores do espectro, Robinet não hesita em propor "sete idades ou períodos na vida dos animálculos ígneos... Esses animais, ao passarem pelo prisma, serão obrigados a se refratarem, cada um segundo sua força, sua idade, e cada um terá, assim, sua cor própria". Não é verdade que o fogo moribundo avermelha-se? Para quem já soprou um fogo preguiçoso, há uma distinção bem clara entre o fogo recalcitrante que *cai* no vermelho e o fogo jovem que tende, como diz tão elegantemente um alquimista, "para o alto rubor da papoula campestre". Diante do fogo que morre, o que sopra desencoraja-se; não sente mais ardor suficiente para comunicar sua própria potência. Se for realista, como Robinet, *realiza* seu desencorajamento e sua impotência, faz um fantasma de sua própria fadiga. Assim, a marca do homem inconstante se imprime nas coisas. O que declina ou o que se eleva em nós torna-se o signo de uma vida apagada ou acesa no real. Tal comunhão poética prepara os erros mais tenazes para o conhecimento objetivo.

Bastaria aliás, como assinalamos várias vezes, tornar imprecisa e vaga a intuição tão ridícula na forma dada por Robinet, para que essa intuição, uma vez poetizada e restituída a seu sentido subjetivo, fosse aceita sem dificuldade. Assim, se as formas animadas da cor permanecem potências ânimicas ardentes ou pálidas, se são criadas, não mais no eixo que vai dos objetos à pupila, mas no eixo do olhar apaixonado que projeta um desejo e um amor, elas se tornam matizes de uma ternura. Por isso, Novalis pode escrever[4]: "Um raio de luz se decompõe em algo mais do que simplesmente em cores. Ao menos, o raio de luz é suscetível de ser animado, de sorte que a alma nele se decompõe em cores anímicas. Quem não sonha nesse momento com o olhar da amada?" Pensando bem, Robinet apenas torna pesada e acentua uma imagem que Novalis irá esfumar e devolver à sua forma etérea; mas, no inconsciente, as duas imagens são análogas, e a paródia objetiva de Robinet apenas exagera os traços do devaneio íntimo de Novalis. Tal aproximação, que parecerá incongruente às almas poéticas, ajuda-nos, no entanto, a psicanalisar mutuamente dois sonhadores situados nos antípodas da realidade. Dá-nos um exemplo dessas formas mescladas de desejos que produzem tanto poemas quanto filosofias. A filosofia pode ser ruim ainda que os poemas sejam belos.

II

Agora que expusemos uma interpretação abusiva da intuição animista e sexualizada do fogo, certamente iremos compreender melhor tudo o que há de vão nessas afirmações constantemente repetidas como verdades eternas: o fogo é a vida; a vida é um fogo. Em outras palavras, queremos denunciar essa falsa evidência que pretende associar a vida e o fogo.

No princípio dessa assimilação, existe, acreditamos, a impressão de que a faísca, como o germe, é uma pequena causa que produz um grande efeito. Donde uma intensa valorização do mito da potência ígnea.

Mas comecemos por mostrar a equação do germe e da faísca, e notemos que, por um jogo de recíprocas inextricáveis, o germe é uma faísca e a faísca é um germe. Um não passa sem o outro. Quando duas intuições como estas são associadas, o espírito julga *pensar*, então, que apenas está indo de uma metáfora à outra. Uma psicanálise do conhecimento objetivo consiste precisamente em pôr em evidência essas transposições fugazes. Em nossa opinião, basta colocar uma ao lado da outra para ver que não repousam sobre nada, mas simplesmente uma sobre a outra. Eis um exemplo da assimilação fácil que incriminamos[5]: "Se um monte de carvão for aceso com a chama mais débil, uma fagulha a se extinguir..., duas horas depois não irá ele formar um braseiro tão considerável, como se o tivésseis acendido de uma só vez com uma tocha de fogo? Eis a história da geração: o homem mais delicado possui fogo suficiente para a geração e o transmite com tanta segurança na cópula quanto o homem bem mais forte." Tais comparações podem satisfazer espíritos sem clareza! Na verdade, longe de ajudar a compreender os fenômenos, elas criam obstáculos reais à cultura científica.

Por volta da mesma data, em 1771, um médico desenvolve longamente uma teoria da fecundação humana baseada no fogo, riqueza maior, potência geradora[6]: "A prostração que sucede a emissão do líquido espermático sugere-nos que se produziu nesse momento a perda de um fluido muito ardente, muito ativo. Atribuiremos isso à pequena quantidade desse suco meduloso, palpável, contido nas vesículas seminais? A economia animal, para a qual este já era como que inexistente, se aperceberá instantaneamente da subtração de tal humor? Certamente que não. O mesmo, porém, não acontece com a matéria do fogo, de que só temos uma certa dose e cujos focos estão todos em comunicação direta..." Assim, perder carne, medula, suco e fluido, é pouca coisa. Perder o fogo, o fogo seminal, eis o grande sacrifício. Somente esse sacrifício pode engendrar a vida. Percebe-se, de resto, com que facilidade se funda a valorização indiscutida do fogo.

Autores que são certamente de segunda ordem, mas que, por isso mesmo, nos fornecem mais ingenuamente as intuições sexuais valorizadas pelo inconsciente, desenvolvem às vezes toda uma teoria sexual fundada em temas especificamente caloríficos, provando assim a confusão original das intuições de semente e fogo. O doutor Pierre-Jean Fabre expõe do seguinte modo, em 1636, o nascimento das fêmeas e dos machos: "A semente de ambos é una e semelhante em todas as suas partes e de igual temperamento, exceto por se dividirem no útero, uma retirando-se para o lado direito e a outra para o lado esquerdo;

esta simples divisão da semente causa tal diferença... não apenas quanto à forma e à figura, mas quanto ao sexo, que uma será macho e a outra fêmea. E é da parte da semente que se retirar para o lado direito, que, por ser a parte do corpo mais quente e vigorosa, conservará a força, o vigor e o calor da semente, de onde sairá um macho; e a outra parte, por ter-se retirado para o lado esquerdo, que é a parte mais fria do corpo humano, receberá as qualidades frias, que em muito terão diminuído e quebrantado o vigor da semente, e daí sairá a fêmea, que, no entanto, em sua primeira origem era totalmente macho.[7]"

Antes de prosseguir, convém sublinhar a gratuidade completa de tais afirmações, que não mantêm a menor relação com uma experiência *objetiva* qualquer. Não se percebe sequer o pretexto delas na observação *exterior*. Sendo assim, de onde provêm tais disparates, senão de uma valorização intempestiva dos fenômenos *subjetivos* atribuídos ao fogo? Aliás, Fabre substancializa, através do fogo, todas as qualidades de força, coragem, ardor, virilidade (p. 375). "As mulheres, por causa desse temperamento frio e úmido, são menos fortes que os homens, mais tímidas e menos corajosas, uma vez que a força, a coragem e a ação provêm do fogo e do ar, que são os elementos ativos e, por isso, são chamados masculinos; enquanto os outros elementos, a água e a terra, são passivos e femininos."

Ao acumular tantas tolices, queremos dar o exemplo de um estado de espírito que *realiza* plenamente as metáforas mais insignificantes. Atualmente, como mudou várias vezes de estrutura, o espírito científico habituou-se a tão numerosas transposições de sentido que é com menor frequência vítima de suas expressões. Todos os conceitos científicos foram *redefinidos*. Rompemos, em nossa vida consciente, o contato direto com as etimologias primeiras. Mas o espírito pré-histórico e, *a fortiori,* o inconsciente, não separa a palavra da coisa. Se fala de um homem cheio de fogo, quer que alguma coisa *queime* nele. Se preciso, esse fogo será sustentado por uma beberagem. Toda impressão de reconforto vem de uma bebida fortificante. Toda bebida fortificante é um afrodisíaco para o inconsciente. Fabre não crê ser impossível que, "através de um bom alimento, tendendo a um temperamento quente e seco, o calor fraco das fêmeas possa tornar-se forte, a tal ponto que ela venha a exteriorizar as partes que sua fraqueza havia retido no interior". Pois "as mulheres são homens ocultos, uma vez que têm elementos masculinos ocultos no interior" (p. 376). Como expressar melhor que o princípio do fogo é a atividade masculina, e que essa atividade inteiramente física, como uma dilatação, é o princípio da vida? A imagem de que os homens não são mais que mulheres dilatadas pelo calor é fácil de se psicanalisar. Notemos também a coesão fácil das ideias confusas de calor, alimentos e geração:

os que desejam filhos homens "tratarão de alimentar-se com bons alimentos, quentes e ígneos".

O fogo comanda tanto as qualidades morais como as físicas. A sutileza de um homem provém de seu temperamento quente (p. 386). "Nisto os fisionomistas são excelentes; pois, quando veem um homem delgado, de temperamento seco, cabeça pequena, olhos brilhantes, cabelos castanhos ou negros, de estatura forte e mediana, não têm a menor dúvida de que se trata de um homem prudente, sábio, cheio de espírito e de sutileza." Ao contrário, "os homens altos e grandes são úmidos e mercuriais, a sutileza, a sabedoria e a prudência jamais se encontram em seu mais alto grau nesses indivíduos; pois o fogo, de onde provém a sabedoria e a prudência, jamais é vigoroso em corpos tão grandes e vastos, uma vez que se torna errante e disperso; e nunca se viu algo errante e disperso na natureza que seja, ao mesmo tempo, forte e poderoso. A força necessita ser compacta e comprimida: sabemos que a força do fogo é tanto mais forte quanto mais comprimida e cerrada. Os canhões o demonstram... "Como toda riqueza, o fogo é sonhado em sua concentração. Quer-se encerrá-lo num pequeno espaço para melhor protegê-lo. Um certo tipo de devaneio nos conduz à meditação do concentrado. É a revanche do pequeno sobre o grande, do oculto sobre o manifesto. Para alimentar tal devaneio, um espírito pré-científico faz convergir, como acabamos de ver, as imagens mais heteróclitas, o homem de cabelos escuros e o canhão. Em regra quase constante, é no devaneio do pequeno e do concentrado, e não no devaneio do grande, que o espírito, depois de muito ruminar, acaba por descobrir a passagem que o conduz ao pensamento científico. Em todo caso, o pensamento do fogo, mais que o de qualquer outro princípio, segue a inclinação desse devaneio para uma potência concentrada. Ele é o homólogo, no mundo do objeto, do devaneio do amor no coração de um homem taciturno.

É tão certo que o princípio de toda semente é o fogo, para um espírito pré-científico, que o menor aspecto exterior é suficiente para dar-lhe a prova. Assim, para o conde de Lacépede[8], "as poeiras seminais das plantas são substâncias muito inflamáveis... a que é produzida pela planta chamada licoperdo é uma espécie de enxofre". Afirmação de uma química da superfície e da cor que o menor esforço da química objetiva da substância contestaria.

Às vezes, o fogo é o princípio formal da individualidade. Numa carta filosófica publicada após o *Cosmopolite*, em 1723, um alquimista escreve que o fogo não é propriamente um corpo, mas o princípio masculino que informa a matéria feminina. Essa matéria feminina é a água. A água elementar "era fria, úmida, grosseira, impura e tenebrosa, e ocupava na criação o lugar de fêmea; assim como o fogo, cujas inumeráveis chispas eram como diferentes machos, continha o equivalente de tinturas próprias à procriação das criaturas particulares... Pode-se chamar esse fogo de forma e a água, de matéria, confundidas ambas no caos⁹". E o autor remete ao Gênesis. Reconhecemos aqui, sob forma obscura, a intuição ridicularizada pelas imagens *precisas* de Robinet. Podemos ver, assim, que, à medida que o erro é envolvido no inconsciente, à medida que perde seus contornos precisos, ele torna-se mais tolerável. Bastaria um passo a mais para que encontrássemos nesse caminho a doce segurança das metáforas filosóficas. Repetir que o fogo é um *elemento* é, em nosso entender, despertar ressonâncias sexuais; é pensar a substância em sua produção, em sua *geração*; é reencontrar a inspiração alquímica que falava de uma água ou de uma terra *elementadas* pelo fogo, de uma matéria *embrionada* pelo enxofre. Mas, contanto que não se dê um desenho preciso desse *elemento,* uma descrição detalhada das diversas fases dessa *elementação*, tem-se ao mesmo tempo o benefício do mistério e da força da imagem primitiva. Se, em seguida, solidarizamos o fogo que anima nosso coração com o fogo que anima o mundo, parece que comungamos com as coisas num sentimento tão poderoso e primitivo, que a crítica precisa se vê desarmada. Mas o que pensar de uma *filosofia do elemento* que pretende escapar a uma crítica *precisa* e satisfazer-se com um princípio geral que, em cada caso particular, revela-se carregado de taras primárias e ingênuo como um sonho de amante?

III

Tentamos mostrar, numa obra precedente[10], que toda a Alquimia era atravessada por um imenso devaneio sexual, por um devaneio de riqueza e de rejuvenescimento, por um devaneio de potência. Gostaríamos de demonstrar agora que esse *devaneio sexual* é um *devaneio da lareira*. Poderíamos inclusive dizer que a alquimia *realiza* pura e simplesmente os caracteres sexuais do *devaneio da lareira*. Longe de ser uma descrição dos fenômenos objetivos, ela é uma tentativa de *inscrição* do amor humano no coração das coisas.

O que à primeira vista pode mascarar esse caráter psicanalítico é que a alquimia adquire rapidamente um aspecto abstrato. Com efeito, ela trabalha com o *fogo fechado*, com o fogo encerrado num forno. As imagens que as chamas prodigalizam e que levam a um devaneio mais solto, mais livre, são restringidas e descoloridas em benefício de um sonho mais preciso e condensado. Vejamos, pois, o alquimista em seu ateliê subterrâneo, junto de seu forno.

Já se observou várias vezes que muitos fornos e retortas tinham formas sexuais inegáveis. Alguns autores referem-se a isso explicitamente. Nicolas de Locques, "médico espagírico de Sua Majestade", escreve em 1655[11]: "Para branquear, digerir e condensar como na preparação e confecção dos Magistérios, (os alquimistas tomam um recipiente) com forma de Mamas ou de Testículos para a elaboração da semente masculina e feminina no Animal, e chamam-no de Pelicano." Essa homologia simbólica dos diferentes vasos alquímicos e das diferentes partes do corpo humano é, certamente, um fato cuja generalidade já mostramos alhures. Mas é talvez do lado sexual que essa homologia mostra-se mais nítida, mais convincente. Aqui, o fogo, encerrado na retorta sexual, está contido em sua origem primeira: possui, então, toda a sua eficácia.

A técnica, ou melhor, a filosofia do fogo na alquimia, é dominada, aliás, por especificações sexuais muito nítidas. Segundo um autor anônimo do final do século XVII[12], há "três tipos de fogo, o natural, o inatural e o antinatural. O natural é o fogo masculino, o principal agente, mas, para obtê-lo, é preciso que o Artista empregue todos os seus cuidados e todo o seu estudo, pois é tão lânguido nos metais e tão concentrado neles que é impossível colocá-lo em ação sem um trabalho obstinado. O fogo inatural é o fogo feminino, o dissolvente universal que alimenta os corpos e cobre com suas asas a nudez da Natureza, e que é tão difícil de se obter quanto o precedente. Esse fogo aparece sob a forma de uma fumaça branca e frequentemente ocorre que, sob essa forma, se desvanece por negligência dos Artistas. Ele é quase incompreensível, embora, pela sublimação física, se mostre corporal e resplandecente. O fogo antinatural é o que corrompe o composto e, acima de tudo, tem o poder de dissolver o que a Natureza havia fortemente ligado..." Será preciso sublinhar o signo feminino associado à fumaça, mulher inconstante do vento, como diz Jules Renard? Não será feminina toda aparição velada em virtude desse princípio fundamental da sexualização inconsciente, segundo o qual tudo o que é oculto é feminino? A dama branca que percorre o vale visita à noite o alquimista, bela como o impreciso, inconstante como um sonho, fugaz como o amor. Por um instante, ela envolve com sua carícia o homem adormecido: um sopro demasiado brusco e ela se evapora... Assim, o químico não consegue obter uma reação.

Do ponto de vista calorífico, a distinção sexual é nitidamente complementar. O princípio feminino das coisas é um princípio de superfície e de invólucro, um regaço, um refúgio, uma tepidez. O princípio masculino é um princípio de centro, um centro de potência, ativo e repentino como a faísca e a vontade. O calor feminino ataca as coisas por fora. O fogo masculino as ataca por dentro, no coração da essência. Tal é o sentido profundo do devaneio alquímico. Aliás, para compreender bem essa sexualização dos fogos alquímicos e a valorização claramente predominante do fogo masculino em ação na semente, convém não esquecer que a alquimia é uma ciência exclusivamente de homens, de celibatários, de homens sem mulher, de iniciados subtraídos da comunhão humana em proveito de uma sociedade masculina. A alquimia não recebe diretamente as influências do devaneio feminino. Sua doutrina é, portanto, fortemente polarizada por desejos insatisfeitos.

Esse fogo íntimo e masculino, objeto de meditação do homem isolado, é, naturalmente, o fogo mais potente. Em particular, é ele que pode "abrir os corpos". Um autor anônimo do começo do século XVIII apresenta claramente essa valorização do fogo encerrado na matéria. "A arte, imitando a Natureza, abre um corpo pelo fogo, mas com um bem mais forte que o Fogo do fogo dos fogos fechados." O superfogo prefigura o super-homem. Reciprocamente, o super-homem, em sua forma irracional, sonhado como uma reivindicação de uma potência unicamente subjetiva, não é mais que um superfogo.

Essa "abertura" dos corpos, essa possessão dos corpos por dentro, essa possessão *total* é, às vezes, um ato sexual manifesto. Ela se realiza, como dizem alguns alquimistas, com a Virgem do Fogo. Expressões similares e as figuras abundantes em certos livros de alquimia não deixam nenhuma dúvida sobre o sentido dessa possessão.

Quando o fogo cumpre funções obscuras, deveríamos nos surpreender com que as imagens sexuais permaneçam tão claras. Na verdade, a persistência dessas imagens, nos domínios onde a simbolização direta permanece confusa, prova a origem sexual das ideias sobre o fogo. Para se dar conta disso, bastará ler nos livros de alquimia o longo relato do *casamento* do Fogo e da Terra.

Pode-se explicar esse *casamento* de três pontos de vista: em sua significação material, como fazem sempre os historiadores da química; em sua significação poética, como fazem sempre os críticos literários; em sua significação original e inconsciente, tal como propomos aqui. Procuremos justapor num ponto preciso as três explicações; tomemos os versos alquímicos frequentemente citados:

Se sabes desfazer o fixo
E o soluto fazer voar
E o que voa fixar em pó
Tens com o que te consolar.

Encontraremos sem dificuldade exemplos químicos que ilustram o fenômeno de uma terra dissolvida que em seguida é sublimada, destilando-se a dissolução. Se "cortarmos então as asas do espírito", se o *sublimarmos*, obteremos um sal puro, o *céu do misto terrestre*. Teremos efetuado um casamento material da terra e do céu. Conforme a bela e pesada expressão, eis aí "a Uranogeia ou o Céu terrificado".

Novalis transportará o mesmo tema ao mundo dos sonhos amorosos[13]: "Quem sabe se nosso amor não se converterá um dia em asas de chamas, que nos levarão à nossa pátria celeste antes que a idade e a morte nos alcancem." Mas essa aspiração vaga tem seu contrário e, em Novalis, a Fábula o percebe "ao olhar pela fissura do rochedo... Perseu com seu grande escudo de ferro; a tesoura voou sozinha em direção ao escudo e Fábula rogou para que este cortasse as asas do Espírito e, depois, mediante sua égide, quisesse imortalizar as irmãs e terminar a grande obra... (Então) não há mais linho a fiar. O inanimado está de novo sem alma. O animado doravante reinará e é ele que irá modelar e usar o inanimado. O interior se revela e o exterior se oculta".

Sob uma poesia, por sinal estranha, que não sensibiliza diretamente o gosto clássico, há nesta página o traço profundo de uma meditação sexual do fogo. Após o desejo, é preciso que a chama conclua, é preciso que o fogo se realize e que os destinos se cumpram. Para tanto, o alquimista e o poeta interrompem e acalmam o jogo ardente da luz. Separam o céu da terra, a cinza do sublimado, o exterior do interior. E, quando a hora da felicidade passou, Turmalina, a doce Turmalina, "recolhe com cuidado as cinzas acumuladas".

Assim, o *fogo sexualizado* é, por excelência, o traço de união de todos os símbolos. Une a matéria e o espírito, o vício e a virtude. Idealiza os conhecimentos materialistas, materializa os conhecimentos idealistas. É o princípio de uma ambiguidade essencial não desprovida de encanto, mas que é preciso a todo momento confessar, a todo momento psicanalisar em duas utilizações contrárias: contra os materialistas e contra os idealistas: "Eu manipulo, diz o Alquimista. — Não, tu sonhas. — Eu sonho, diz Novalis. — Não, tu manipulas." A razão de uma dualidade tão profunda é que o fogo está em nós e fora de nós, invisível e brilhante, espírito e fumaça.

IV

Se o fogo é tão capcioso, tão ambíguo, dever-se-ia começar toda psicanálise do conhecimento objetivo por uma psicanálise das intuições do fogo. Não estamos longe de acreditar que o fogo é precisamente o primeiro objeto, o *primeiro fenômeno* no qual o espírito humano é *refletido;* entre todos os fenômenos, só o fogo merece, para o homem pré-histórico, o desejo de conhecer, exatamente porque acompanha o desejo de amar. Por certo, repetiu-se amiúde que a conquista do fogo separava definitivamente o homem do animal, mas talvez não se tenha percebido que o espírito, em seu destino primitivo, com sua poesia e sua ciência, formou-se na meditação do fogo. O *homo faber* é o homem das superfícies, seu espírito fixa-se em alguns objetos familiares, em algumas formas geométricas grosseiras. Para ele, a esfera não tem centro, realiza simplesmente o gesto arredondado que solidariza o oco das mãos. O *homem sonhador* diante da lareira é, ao contrário, o homem das profundezas e o homem de um devir. Ou ainda, melhor dizendo, o fogo dá ao homem que sonha a lição de uma profundidade que contém um devir: a chama brota do coração dos ramos. Daí esta intuição de Rodin, que Max Scheler cita sem comentar, certamente sem perceber seu caráter nitidamente primitivo[14]: "Cada coisa é apenas o limite da *chama,* à qual deve sua existência." Sem nossa concepção do fogo íntimo formador, do fogo tomado como fator de nossas ideias e de nossos sonhos, do fogo considerado como germe, a chama objetiva, inteiramente destrutiva, é incapaz de explicar a profunda intuição de Rodin. Ao se meditar sobre essa intuição, compreende-se que Rodin seja, de certo modo, o escultor da profundeza e que tenha, por assim dizer, puxado, contra a necessidade inelutável de seu ofício, os traços de dentro para fora, como uma vida, como uma chama.

Nessas condições, não devemos mais nos surpreender de que as obras do fogo sejam tão facilmente sexualizadas. D'Annunzio nos mostra Stelio a contemplar, na fábrica de vidros, no forno de recozimento que é um "prolongamento do forno de fusão, os vasos brilhantes, ainda escravos do fogo, ainda sob seu império... Depois, as belas criaturas frágeis abandonavam seu pai, separavam-se dele para sempre; elas se resfriavam, tornavam-se frias gemas, viviam sua vida nova no mundo, ingressavam no serviço dos homens voluptuosos, enfrentavam perigos, seguiam as variações da luz, recebiam a flor cortada ou a bebida embriagadora[15]". Assim, "a eminente dignidade das artes do fogo" provém de que suas obras trazem a marca mais profundamente humana, a marca do amor primitivo. São as obras de um *pai*. Mais do que qualquer outra, as formas do fogo são modeladas, como diz tão bem Paul Valéry, "a fim de carícias[16]".

Mas uma psicanálise do conhecimento objetivo deve ir ainda mais longe. Deve reconhecer que o *fogo é o primeiro fator do fenômeno*. Com efeito, não se pode falar de um mundo do fenômeno, de um mundo das aparências, a não ser diante de um mundo que *muda* de aparências. Ora, primitivamente, apenas as mudanças pelo fogo são mudanças profundas, manifestas, rápidas, maravilhosas, definitivas. As variações do dia e da noite, os jogos de luz e sombra são aspectos superficiais e passageiros que não alteram muito o conhecimento monótono dos objetos. O fato de sua alternância descarta, como assinalaram os filósofos, seu caráter causal. Se o dia é o pai e a causa da noite, a noite é a mãe e a causa do dia. O próprio movimento não suscita muita reflexão. O espírito humano não começa como uma aula de física. O fruto que cai da árvore e o regato que corre não propõem nenhum enigma a um espírito ingênuo. O homem primitivo contemplava o regato sem pensar:

Comme un pâtre assoupi regarde l'eau couler.
(Como um pastor adormecido vê a água correr.)

Mas eis as mudanças substanciais: o que o fogo lambe tem outro gosto na boca dos homens.

o que o fogo iluminou conserva uma cor indelével. O que o fogo acariciou, amou, adorou, guarda lembranças e perde a inocência. Em gíria, *flambé* (chamuscado) é sinônimo de perdido, para não empregar uma palavra grosseira carregada de sexualidade. Pelo fogo tudo muda. Quando se quer que tudo mude, chama-se o fogo. O primeiro fenômeno não é somente o fenômeno do fogo contemplado em hora ociosa, em sua vida e em seu esplendor; é o fenômeno *pelo* fogo. O fenômeno pelo fogo é o mais sensível de todos; é o que se deve vigiar melhor; é preciso ativá-lo ou abrandá-lo; é preciso encontrar o *ponto* de fogo que marca uma substância como o *instante* de amor que marca uma existência. Como diz Paul Valéry, nas artes do fogo[17], "nenhum abandono, nenhuma trégua; nenhuma flutuação de pensamento, de coragem ou de humor. Elas impõem, sob o aspecto mais dramático, o combate cerrado do homem e da forma. Seu agente essencial, o fogo, é também o maior inimigo. É um agente de temível precisão, cuja operação maravilhosa sobre a matéria que se propõe a seu ardor é rigorosamente limitada, ameaçada, definida por algumas *constantes* físicas ou químicas difíceis de se observar. Qualquer desvio é fatal: a peça está arruinada. Se o fogo se abranda ou se exalta, seu capricho é desastre..."

A esse fenômeno pelo fogo, a esse fenômeno sensível entre todos, marcado no entanto nas profundezas da substância, convém dar um nome: o primeiro fenômeno que merece a atenção do homem é o *pirômeno*. Vamos ver, agora, de que modo esse pirômeno, tão intimamente compreendido pelo homem pré-histórico, ludibriou, durante séculos, os esforços dos sábios.

CAPÍTULO V

A QUÍMICA DO FOGO: HISTÓRIA DE UM FALSO PROBLEMA

I

Neste capítulo, iremos aparentemente mudar de campo de estudo; tentaremos estudar, com efeito, os esforços do conhecimento objetivo dos fenômenos produzidos pelo fogo, dos pirômenos. Mas esse problema, a nosso ver, mal chega a ser um problema de história científica, pois a ciência é aí adulterada precisamente pelas valorizações cuja ação acabamos de mostrar nos capítulos precedentes. De sorte que devemos tratar, afinal, quase só da história dos *embaraços* que as intuições do fogo acumularam na ciência. As intuições do fogo são *obstáculos epistemológicos* tanto mais difíceis de derrubar quanto mais claros psicologicamente. De uma maneira talvez um pouco indireta, trata-se ainda de uma psicanálise, que continua apesar da diferença dos pontos de vista. Em vez de dirigir-se ao poeta e ao sonhador, essa psicanálise passa a dedicar-se aos químicos e biólogos dos séculos passados. Mas, precisamente, ela surpreende uma *continuidade* do pensamento e do devaneio e percebe que, nessa união do pensamento e dos sonhos, é sempre o pensamento que é deformado e vencido. É necessário, portanto, como propusemos numa obra precedente, psicanalisar o espírito científico, obrigá-lo a um pensamento discursivo que, longe de *continuar* o devaneio, o detenha, o desagregue, o proíba.

Pode-se obter uma prova rápida de que o problema do fogo se presta mal a uma exposição histórica. M. J. C. Gregory consagrou um livro claro e inteligente à história das doutrinas da combustão desde Heráclito até Lavoisier. Ora, esse livro liga as ideias com tal rapidez que cinquenta páginas bastam para falar da "ciência" de vinte séculos. De resto, se levarmos em conta que, com Lavoisier, essas teorias se revelam objetivamente falsas, um escrúpulo deve pesar sobre o caráter *intelectual* delas. Em vão se objetará que as doutrinas aristotélicas são plausíveis, que elas podem, sob modificações apropriadas, explicar estados diferentes do conhecimento científico, *adaptar-se* à filosofia de diversos períodos; resta o fato de que não se define bem a solidez e a permanência dessas doutrinas apelando para seu mero valor de explicação objetiva. É preciso descer mais fundo, até tocar os valores inconscientes. São esses valores que fazem a *permanência* de certos princípios de explicação. Mediante uma suave tortura, a Psicanálise deve fazer o sábio confessar seus motivos inconfessáveis.

II

O fogo é, talvez, o fenômeno que mais preocupou os químicos. Por muito tempo, acreditou-se que resolver o enigma do fogo era resolver o enigma central do Universo. Boerhaave, escrevendo por volta de 1720, diz ainda[1]: "Se vos enganais na exposição da Natureza do Fogo, vosso erro se estenderá a todos os ramos da física, isso porque em todas as produções naturais o Fogo... é sempre o principal agente." Meio século mais tarde, Scheele lembra, por um lado[2], "as dificuldades sem número que apresentam as pesquisas sobre o Fogo. É assustador pensar nos séculos que se passaram, sem que se tenha conseguido obter mais conhecimentos sobre suas verdadeiras propriedades". Por outro lado, "algumas pessoas cometem um erro absolutamente oposto, explicando a natureza e os fenômenos do Fogo de maneira tão fácil como se todas as dificuldades tivessem sido superadas. Mas que objeções lhes podemos fazer? Ora o calor é o Fogo elementar, ora é um efeito do Fogo; aqui, a luz é o fogo mais puro e um elemento; ali, já se espalhou por toda a extensão do globo, e o impulso do fogo elementar lhe comunica seu movimento direto; acolá, a luz é um elemento que se pode encadear por meio do *acidum pingue* e que é liberado pela dilatação desse suposto ácido, etc.". Essa oscilação, tão bem indicada por Scheele, é muito sintomática da dialética da ignorância que vai da obscuridade à cegueira e que facilmente toma os próprios termos do problema por sua solução. Como o fogo não pôde revelar seu mistério, ele é tomado como uma causa universal: então tudo se explica. Quanto mais inculto um espírito pré-científico, maior o problema que ele escolhe. Desse grande problema, faz um pequeno livro. O livro da marquesa de Châtelet tem 139 páginas e trata do Fogo.

Nos períodos pré-científicos, é bastante difícil circunscrever um tema de estudo. No caso do fogo, mais do que de qualquer outro fenômeno, as concepções animistas e as concepções substancialistas encontram-se misturadas de uma maneira inextricável. Enquanto em nosso livro geral pudemos analisar separadamente tais concepções, convém estudá-las aqui em sua confusão. Se nos foi possível desenvolver a análise, foi precisamente graças às ideias científicas que, pouco a pouco, permitiram distinguir os erros. Mas o fogo, ao contrário da eletricidade, não encontrou sua ciência. Permaneceu no espírito pré-científico como um fenômeno complexo que tem a ver com a química e a biologia ao mesmo tempo. Devemos, pois, conservar no conceito do fogo o aspecto totalizador que corresponde à ambiguidade das explicações que vão alternadamente da vida à substância, numa interminável reciprocidade, para compreender os fenômenos do fogo.

O fogo pode, então, nos servir para ilustrar as teses que expusemos em nosso livro sobre *A formação do espírito científico*. Em particular, pelas ideias ingênuas que dele formamos, o fogo dá um exemplo do *obstáculo substancialista* e do *obstáculo animista* que entravam, um e outro, o pensamento científico.

Vamos mostrar, inicialmente, casos em que as afirmações substancialistas apresentam-se sem a menor prova. O padre L. Castel não põe em dúvida o *realismo do fogo*[3]*:* "Os negros da pintura são, em sua maioria, produções do fogo, e o fogo deixa sempre algo de corrosivo e de ardente nos corpos que receberam sua viva impressão. Alguns pretendem que esses negros sejam as partes ígneas, de um verdadeiro fogo, que permanecem na cal, nas cinzas, no carvão, na fumaça". Nada legitima essa *permanência substancial* do fogo na matéria colorante, mas vemos funcionando o pensamento substancialista: o que recebeu o fogo deve permanecer ardente, portanto corrosivo.

Às vezes a afirmação substancialista se apresenta numa pureza tranquila, realmente desprovida de toda prova e, mesmo, de toda imagem. Assim Ducarla escreve[4]: "As moléculas ígneas... aquecem porque elas são; elas são porque elas foram... tal ação só cessa de produzir-se na falta de sujeito." O caráter tautológico da atribuição substancial é, aqui, particularmente evidente. O gracejo de Molière sobre a virtude dormitiva do ópio que faz dormir não impede que um autor importante, escrevendo ao final do século XVIII, diga que a virtude calorífica do calor tem a propriedade de aquecer.

Para muitos espíritos, o fogo possui tal *valor* que nada limita seu império. Boerhaave pretende não fazer nenhuma suposição sobre o fogo, mas começa dizendo, sem a menor hesitação, que "os elementos do Fogo encontram-se por toda a parte; encontram-se no ouro, que é o mais sólido dos corpos conhecidos, e no vazio de Torricelli[5]". Para um químico como para um filósofo, para um homem instruído como para um sonhador, o fogo substantifica-se tão facilmente que o associam tanto ao vazio quanto ao cheio. Certamente a física moderna reconhecerá que o vazio é atravessado por mil radiações do calor radiante, mas não fará dessas radiações uma qualidade do espaço vazio. Se uma luz se produz no vazio de um barômetro que se agita, o espírito científico não concluirá daí que o vazio de Torricelli *continha* fogo latente.

A substancialização do fogo concilia facilmente os caracteres contraditórios: o fogo poderá ser vivo e rápido sob formas dispersas; profundo e duradouro sob formas concentradas. Bastará invocar a *concentração substancial* para explicar, assim, os aspectos mais diversos. Carra, autor frequentemente citado ao final do século XVIII, afirma[6]: "Na palha e no papel, o flogístico integrante é muito raro, ao passo que é abundante no carvão mineral. As duas primeiras substâncias se inflamam, todavia, ao primeiro contato do fogo, enquanto a última demora muito antes de queimar. Não se pode explicar essa diferença de efeitos, a não ser reconhecendo que o flogístico integrante da palha e do pápel, embora mais raro que o do carvão mineral, encontra-se ali menos concentrado, mais disseminado e, consequentemente, mais suscetível de um pronto desenvolvimento." Assim, uma experiência insignificante como a de um papel rapidamente inflamado é explicada em intensidade por um grau da concentração substancial do flogístico. Devemos sublinhar, aqui, essa necessidade de explicar os *detalhes* de uma experiência primária. Essa necessidade de explicação minuciosa é muito sintomática entre os espíritos não científicos que pretendem nada negligenciar e dar conta de todos os aspectos da experiência concreta. A *vivacidade* de um fogo propõe, assim, falsos problemas; ela impressionou tanto nossa imaginação na infância! Para o inconsciente, o fogo de palha continua sendo um fogo característico.

Também para Marat, espírito pré-científico sem vigor, a ligação da experiência primária com a intuição substancialista é direta. Numa brochura que não é mais que um resumo de suas *Pesquisas físicas sobre o fogo,* ele exprime-se deste modo[7]: "Por que o fluido ígneo une-se apenas às matérias inflamáveis? Em virtude de uma afinidade particular entre seus glóbulos e o flogístico com que tais matérias estão saturadas. Essa atração é bem marcada. Quando se tenta, soprando ar por um tubo, separar do combustível a chama que o devora, percebe-se que ela não cede sem resistência e que recupera em seguida o espaço abandonado." Marat poderia ter acrescentado, para completar a imagem animista que domina seu inconsciente: "Assim também os cães retornam à presa de que foram afastados."

Essa experiência inteiramente familiar dá bem uma medida da tenacidade do fogo quando se apodera de seu alimento. Basta apagar de uma certa distância uma vela recalcitrante ou soprar um ponche ainda vivo, para se ter uma medida subjetiva da *resistência* do fogo. É uma resistência menos brutal que a dos objetos inertes ao contato. Só que tem mais efeito para fazer a criança adotar uma teoria animista do fogo. Em qualquer circunstância o fogo mostra sua má vontade: é difícil de se acender, é difícil de se apagar. A substância é capricho; portanto, o fogo é uma pessoa.

É claro que essa vivacidade e essa tenacidade do fogo são caracteres secundários inteiramente reduzidos e explicados pelo conhecimento científico. Uma saudável abstração levou a negligenciá-las. A abstração científica é a cura do inconsciente. Na base da cultura, ela afasta as objeções dispersas em todos os detalhes da experiência.

III

Mas é, talvez, a ideia de que o fogo *se alimenta* como um ser vivo que mais ocupa lugar nas opiniões que nosso inconsciente forma a respeito dele. Para um espírito moderno, alimentar um fogo tornou-se um sinônimo vulgar de conservá-lo; porém as palavras nos dominam mais do que imaginamos, e a velha imagem retorna às vezes ao espírito quando a velha palavra retorna aos lábios.

Não é difícil acumular textos onde o *alimento* do fogo conserva seu sentido forte. Um autor do século XVI lembra que[8] "os egípcios o consideravam um animal arrebatador e insaciável; que devorava tudo o que nasce e cresce; e, finalmente, a si mesmo, após estar bem nutrido e farto, quando não há mais do que se alimentar; porque, tendo calor e movimento, o fogo não pode passar sem alimento e ar para respirar". Vigenère desenvolve todo o seu livro seguindo essa inspiração. Reencontra na química do fogo todas as características da digestão. Para ele, como para muitos outros autores, a fumaça é um excremento do fogo. Por volta da mesma época, um autor diz ainda que[9] "os persas, quando faziam sacrifícios ao fogo, depunham comida sobre o altar, usando a seguinte fórmula... Come e banqueteia-te, Fogo, senhor de todo o mundo".

Ainda no século XVIII, Boerhaave "julga necessário precisar através de um longo estudo o que se deve entender por *alimentos do fogo*... Se assim são chamados num sentido restrito, é porque se acredita que (essas substâncias) servem realmente de alimento ao Fogo, que, por sua ação, são convertidas na própria substância do Fogo elementar e que se despojam de sua natureza própria e primitiva para adquirir a do Fogo; supõe-se, então, um fato que merece ser examinado detidamente[10]". É o que faz Boerhaave em várias páginas, onde aliás resiste com bastante dificuldade à intuição animista que quer simplificar. Jamais se resiste completamente a um preconceito quando se perde muito tempo em atacá-lo. De qualquer maneira, Boerhaave não se livra do preconceito animista, a não ser reforçando o preconceito substancialista: em sua doutrina, o *alimento* do fogo se transforma na *substância* do fogo. Por assimilação, o alimento torna-se fogo. Essa assimilação substancial é a negação do espírito da Química. A Química pode estudar como as substâncias se combinam, se misturam ou se justapõem. São três concepções defensáveis. Mas a Química não saberia estudar como uma substância *assimila* uma outra. Quando aceita esse conceito de *assimilação*, forma mais ou menos científica do conceito de alimento, ela esclarece o obscuro com o obscuro; ou, melhor, impõe à explicação objetiva as falsas evidências da experiência íntima da digestão.

Veremos até que ponto vão as valorizações inconscientes do *alimento* do fogo e o quanto é desejável psicanalisar o que poderia ser chamado de *complexo de Pantagruel* num inconsciente pré-científico. Com efeito, é um princípio pré-científico o de que tudo o que arde deve receber o *pabulum ignis*. Assim, nada mais comum, nas cosmologias da Idade Média e da época pré-científica, do que a noção de alimento para os astros. Em particular, a função das exalações terrestres é frequentemente servir de alimento aos astros. As exalações alimentam os cometas. Os cometas alimentam o Sol. Daremos apenas alguns textos, escolhidos em épocas recentes, para mostrar a permanência e a força do mito da digestão na explicação dos fenômenos materiais. Assim, Robinet escreve em 1766[11]: "Já se disse com bastante verossimilhança que os globos luminosos se nutrem das exalações que retiram dos globos opacos e que o alimento natural desses últimos é o fluxo de partes ígneas que os primeiros lhes enviam continuamente; e que as manchas do Sol, que parecem estender-se e escurecer todos os dias, não são mais que um acúmulo de vapores grosseiros que ele atrai, fazendo aumentar seu volume; que esses vapores que acreditamos ver elevarem-se em sua superfície estão na verdade precipitando-se; que, no final, o Sol absorverá uma quantidade tão grande de matéria heterogênea que não será apenas envolvido e coberto por ela, como pretendia Descartes, mas totalmente penetrado. Então ele se extinguirá, morrerá, por assim dizer, ao passar do estado de luz, que é sua vida, ao de opacidade que constitui, para ele, uma verdadeira morte. Do mesmo modo, a sanguessuga morre ao fartar-se de sangue." Está se vendo que a intuição digestiva comanda: para Robinet, o Sol Rei morrerá de indigestão.

Esse princípio da alimentação dos astros pelo fogo é, aliás, bastante evidente quando se aceita a ideia, muito comum ainda no século XVIII, de que "todos os astros são criados de uma única e mesma substância celeste do fogo sutil[12]". Postula-se uma analogia fundamental entre as estrelas formadas do fogo sutil e celeste e os enxofres metálicos formados do fogo grosseiro e terrestre. Acredita-se haver unido, deste modo, os fenômenos da terra e do céu e obtido uma visão universal do mundo.

Assim as ideias antigas atravessam os tempos; elas retornam sempre nos devaneios mais ou menos científicos com sua carga de ingenuidade primeira. Por exemplo, um autor do século XVII une facilmente as opiniões da Antiguidade às de seu tempo[13]: "Em virtude de os astros atraírem os vapores durante o dia para de noite fazerem sua refeição, a noite foi chamada por Eurípedes a ama de leite dos astros dourados." Sem o mito da digestão, sem esse ritmo inteiramente estomacal do Grande Ser que é o Universo, que dorme e come harmonizando seu regime ao dia e à noite, muitas intuições pré-científicas ou poéticas seriam inexplicáveis.

IV

É particularmente interessante, para uma psicanálise do conhecimento objetivo, ver de que modo uma intuição carregada de afetividade, como a intuição do fogo, irá se oferecer à explicação de fenômenos novos. Foi o caso no momento em que o pensamento pré-científico buscou explicar os fenômenos elétricos.

Não é difícil provar que o fluido elétrico é fogo, a partir do momento em que alguém se contenta em seguir a sedução da intuição substancialista. O abade de Mangin, por exemplo, se convence rapidamente[14]: "A princípio, a matéria elétrica se encontra em todos os corpos betuminosos e sulfurosos, como o vidro e as resinas, do mesmo modo que o raio obtém a sua dos betumes e enxofres atraídos pela ação do sol." Não é preciso muito mais para provar, em seguida, que o vidro contém fogo e para incluí-lo na categoria dos enxofres e das resinas. Assim, para o abade Mangin, "o odor de enxofre que (o vidro) libera quando se quebra ao ser esfregado (é a prova convincente) de que os betumes e os óleos nele prevalecem". Será preciso também lembrar a velha etimologia, sempre ativa no espírito pré-científico, que pretendia que o vitríolo corrosivo fosse *óleo de vidro*?

A intuição de interioridade, de intimidade, tão fortemente ligada à intuição substancialista, aparece aqui numa ingenuidade ainda mais manifesta por pretender explicar fenômenos científicos bem determinados. "Foi sobretudo nos óleos, nos betumes, nas gomas e nas resinas que Deus encerrou o fogo, como em estojos capazes de contê-lo." Uma vez submetido à metáfora de uma propriedade substancial encerrada num *estojo,* o estilo irá sobrecarregar-se de imagens. Se o fogo elétrico "podia insinuar-se nas células das pequenas bolas de fogo que preenchem o tecido dos corpos elétricos por si mesmos; se podia liberar essa quantidade de pequenas bolsas que têm a força de reter o fogo oculto, secreto e interno, e de unir-se a ele; então tais parcelas de fogo liberadas, sacudidas, comprimidas, dispersadas, associadas, violentamente agitadas, comunicariam ao fogo elétrico uma ação, uma força, uma velocidade, uma aceleração, uma fúria que desuniria, romperia, inflamaria, destruiria o composto". Mas como isso é impossível, os corpos como a resina, elétricos por si mesmos, devem conservar o fogo encerrado em seus pequenos estojos, não podem receber a eletricidade por comunicação. Eis aí, portanto, repleta de imagens, carregada de verbalismo, a *explicação prolixa* do caráter dos corpos maus condutores. Aliás, essa explicação que equivale a negar um caráter é bastante curiosa. Não se percebe bem a necessidade da conclusão. Parece que essa conclusão vem apenas interromper um devaneio que se desenvolvia facilmente quando bastava acumular sinônimos.

No momento em que se reconheceu que as faíscas elétricas que saíam do corpo humano eletrizado inflamavam a aguardente, a admiração foi enorme. O fogo elétrico era, pois, um verdadeiro fogo! Winckler sublinha "um acontecimento tão extraordinário". É que não se percebe, com efeito, de que modo tal "fogo", brilhante, quente, flamejante, pode estar contido, sem o menor incômodo, no corpo humano! Um espírito tão preciso, tão meticuloso como Winckler não põe em dúvida o postulado substancialista, e é dessa ausência de crítica filosófica que irá nascer o falso problema: "Um fluido nada pode acender, a menos que contenha partículas de fogo[15]." Se o fogo *sai* do corpo humano, é porque ele estava antes *contido* no corpo humano. Será preciso notar com que facilidade essa inferência é aceita por um espírito pré-científico, que segue, sem suspeitar, as seduções que denunciamos nos capítulos precedentes? O único mistério é que o fogo inflama o álcool no exterior, ao passo que não inflama os tecidos no interior. Essa inconsequência da intuição realista mesmo assim não leva a reduzir a *realidade do fogo*. O realismo do fogo está entre os mais indestrutíveis.

V

A *realização* do calor e do fogo é também muito manifesta quando se opera a propósito de substâncias particulares como as vegetais. A sedução realista pode levar a crenças e a práticas bizarras. Eis um exemplo entre mil extraído de Bacon (*Sylva Sylvarum*, § 456): "A acreditar em certos relatos, se fizermos vários orifícios no tronco de uma amoreira e aí inserirmos *cunhas* feitas com a macieira de uma árvore de *natureza quente*, como o terebinto, o lentisco, o guaiaco, o zimbro, etc., teremos excelentes amoras e a árvore dará muitos frutos, efeito que se pode atribuir a esse acréscimo de calor que fomenta, anima e reforça a seiva e o calor nativo da árvore." Essa crença na eficácia das substâncias *quentes* é duradoura em certos espíritos; mas, na maioria das vezes, ela declina, passa pouco a pouco ao estado de metáfora ou de símbolo. Foi assim que se desvalorizaram as coroas de louro: elas são agora de papel verde. Vejamo-las em seu pleno valor[16]: "Os ramos dessa árvore que a Antiguidade dedicou ao Sol para coroar todos os conquistadores da Terra, quando esfregados entre si fazem fogo, da mesma forma que os ossos de leão." A conclusão realista não se encontra longe: "O loureiro cura as úlceras da cabeça e elimina as manchas do rosto." Sob a coroa, como é radiante uma fronte! Em nossa época, quando todos os valores são metáforas, as coroas de louro só curam os orgulhos feridos.

Somos levados a desculpar todas essas crenças ingênuas, porque não as tomamos mais senão em sua tradução metafórica. Esquecemos que elas corresponderam a realidades psicológicas. Ora, as metáforas muitas vezes não são inteiramente *desrealizadas, desconcretizadas*. Persiste ainda algo de concreto em certas definições saudavelmente abstratas. Uma psicanálise do conhecimento objetivo deve reviver e completar a *desrealização*. O que dá precisamente uma medida dos erros a respeito do fogo é que eles ainda estão, talvez mais que qualquer outro, presos a afirmações concretas, a experiências íntimas não discutidas.

Características muito especiais, que deveriam ser estudadas à parte, são assim explicadas por uma simples referência a um fogo interior. Tal é o caso do "vigor extraordinário que observamos em certas plantas... que contêm em si uma quantidade bem maior desse fogo que algumas outras, embora da mesma classe. Assim, a planta sensitiva precisa mais desse fogo do que qualquer outra planta ou coisa natural, e concebo então que, quando algum outro corpo a toca, ela deve comunicar-lhe uma grande parte de seu fogo, que é sua vida, adoecendo e abaixando suas folhas e ramos, até poder recuperar seu vigor retirando fogo novo do ar que a cerca". Esse fogo íntimo que a sensitiva transmite até o esgotamento tem, para um psicanalista, outro nome. Ele não procede de um conhecimento *objetivo*. Não há nada que possa legitimar *objetivamente* a comparação entre uma sensitiva sem reação e uma sensitiva exaurida de seu *fogo*. Uma psicanálise do conhecimento objetivo deve perseguir todas as convicções científicas que não se formam na experiência especificamente objetiva.

Repete-se, em todos os domínios e sem a menor prova, que o fogo é o princípio da vida.

Tal declaração é tão antiga, que passa por evidente. Ela parece ser convincente *em geral,* com a única condição de não se aplicar a *nenhum caso particular.* Quanto mais precisa essa aplicação, tanto mais ridícula. Assim, um parteiro, após um longo tratado sobre o crescimento do embrião e a utilidade das águas do âmnio, termina por professar que a água, esse líquido transportador de todo alimento para os três reinos, deve ser animada pelo fogo. Poderemos ver, ao final de seu tratado, um exemplo pueril da dialética natural da água e do fogo[17]: "A vegetação é o resultado dessa avidez com que (o fogo) busca combinar-se com a água, que é, de fato, seu moderador." Essa intuição substancialista do fogo que vem *animar* a água é tão sedutora, que leva nosso autor a "aprofundar" uma teoria científica baseada de maneira muito simples e clara no princípio de Arquimedes: "Será que nunca se abandonará a opinião absurda de que a água reduzida a vapor eleva-se na atmosfera porque nesse novo estado é mais leve que um semelhante volume de ar?" Para David, o princípio de Arquimedes procede de uma mecânica bastante pobre; ao contrário, é evidente que é o fogo, fluido animador, "jamais ocioso", que move e eleva a água. "O fogo é, talvez, o princípio ativo, a causa segunda que recebeu toda a sua energia do Criador e que a Escritura designou com estas palavras: *et spiritus Dei ferebatur super aquas.*" Tal é o impulso que arrebata um parteiro ao meditar sobre as águas do âmnio.

VI

Enquanto *substância*, o fogo figura certamente entre as mais valorizadas, portanto as que mais deformam os julgamentos objetivos. Sob muitos aspectos, sua valorização corresponde à do ouro. Excluídos seus valores de germinação para a mutação dos metais e seus valores de cura na farmacopeia pré-científica, o ouro tem apenas valor comercial. Seguidamente o alquimista atribui um valor ao ouro porque ele é um receptáculo do fogo elementar: "A quintessência do ouro é inteiramente fogo." Aliás, de uma maneira geral, o fogo, verdadeiro proteu da valorização, passa dos mais altos valores metafísicos aos mais manifestamente utilitários. É, de fato, o princípio ativo fundamental que resume todas as ações da natureza. Um alquimista do século XVIII escreve[18]: "O fogo... é a natureza que não faz nada em vão, que não saberia errar e sem a qual nada se faz." Notemos de passagem que um romântico diria a mesma coisa da paixão. A menor participação basta; o fogo só precisa pôr a marca de sua presença para mostrar seu poder: "O fogo é sempre o menor em quantidade e o primeiro em qualidade." Essa ação das quantidades ínfimas é muito sintomática. Quando é pensada sem provas objetivas, como acontece aqui, é que a quantidade ínfima considerada magnifica-se pela vontade de potência. Gostar-se-ia de poder concentrar a ação química num punhado de pólvora, o ódio num veneno fulminante, um amor imenso e indizível num singelo presente. O fogo desempenha ações desse tipo no inconsciente de um espírito pré-científico: em certos sonhos cosmológicos, um átomo de fogo é suficiente para incendiar um mundo.

Um autor que critica as imagens fáceis e que declara[19]: "Não estamos mais nessa época em que se explicava a causticidade e a ação de alguns solventes pela pequenez e a forma de suas moléculas, que se supunha serem cunhas aguçadas que penetravam os corpos e separavam suas partes", escreve algumas páginas adiante: o fogo "é o elemento que anima tudo, ao qual tudo deve o fato de ser; princípio de vida e de morte, de existência e de nada, age por si mesmo e traz em si a força de agir". Parece, pois, que o espírito crítico se detém diante da potência íntima do fogo e que a explicação pelo fogo vai a tais profundidades, que é capaz de decidir sobre a existência e o nada das coisas e, ao mesmo tempo, desvalorizar todas as pobres explicações mecanicistas. Sempre e em todos os domínios, a explicação pelo fogo é uma explicação *rica*. Uma psicanálise do conhecimento objetivo deve denunciar a todo momento essa pretensão à profundidade e à riqueza íntimas. Certamente tem-se o direito de criticar a ingenuidade do atomismo figurado. Contudo, é preciso reconhecer que ele se oferece a uma discussão *objetiva,* ao passo que o recurso à potência de um fogo *não sensível,* como é o caso da causticidade de certas dissoluções, vai contra qualquer possibilidade de verificação objetiva.

A equação do fogo e da vida forma a base do sistema de Paracelso. Para ele, fogo é vida e o que contém fogo possui verdadeiramente o germe da vida. O mercúrio comum é precioso aos olhos de Paracelso por conter um fogo muito perfeito e uma vida celeste e oculta, tal como afirma também Boerhaave[20]. É esse fogo oculto que deve ser empregado para curar e engendrar. Nicolas de Locques apoia toda a sua valorização do fogo na intimidade do fogo[21]. O fogo é "interno ou externo, o externo é mecânico, coruptor e destruidor, o interno é espermático, gerador, maturativo". Para obter a essência do fogo, cumpre chegar à sua fonte, na reserva onde se economiza e se concentra, isto é, no mineral. Eis, então, a melhor justificação do método dos espagiristas: "Esse fogo celeste que produz a vida é muito ativo no animal, tendo aí uma dissipação maior do que na planta e no metal; por isso, o filósofo está continuamente ocupado em pesquisar os meios de repô-lo e, vendo que não podia ser conservado por muito tempo pelo fogo da vida que está no animal e nas plantas, foi buscar esse fogo no metal, onde ele é mais fixo e incombustível, mais recolhido e temperado em sua ação, deixando as ervas para os galenistas fazerem saladas, em que esse bendito fogo não é mais do que uma faísca."

Em resumo, acredita-se tanto no império universal do fogo, que se chega a esta rápida conclusão dialética: pois que o fogo é *gasto* no animal, ele deve *economizar-se* no mineral. Ali ele se oculta, íntimo, substancial, portanto onipotente. Do mesmo modo, um amor taciturno é tido por um amor fiel.

VII

Uma tal força de convicção para afirmar as potências ocultas não pode provir da mera experiência externa de bem-estar que se usufrui diante de uma lareira acesa. É preciso que a ela se acrescentem as grandes certezas íntimas da digestão, a doçura reconfortante da sopa quente, o ardor salutar da bebida alcoólica. Enquanto não se tiver psicanalisado o homem saciado, faltarão elementos afetivos primordiais para se compreender a psicologia da evidência realista. Desenvolvemos alhures tudo o que a química realista deve ao mito da digestão. No que concerne à sensação de calor estomacal e às inferências falsamente objetivas a ela associadas, poderíamos acumular citações sem fim. Tal sensação é frequentemente o princípio sensível da saúde e da doença. No que concerne às sensações de dores leves, os livros dos especialistas são particularmente atentos aos "calores", às "flogoses", às securas que queimam o estômago. Cada autor se julga obrigado a explicar esses calores em função de seu sistema, pois sem uma explicação de tudo o que se refere ao princípio fundamental do calor vital o sistema careceria de valor. Assim, Hecquet explica o fogo da digestão de acordo com sua teoria da trituração estomacal, lembrando que uma roda pode inflamar-se pelo atrito. É portanto o esmagamento dos alimentos pelo estômago que produz o calor necessário "à sua cocção". Hecquet é um erudito; não chega ao ponto de acreditar em certos anatomistas que "viram sair fogo do estômago dos pássaros"[22]. Todavia cita com destaque essa opinião, mostrando assim que a imagem do saltimbanco cuspindo fogo é uma imagem favorita do inconsciente. A teoria das *intempéries do estômago* poderia dar ensejo a intermináveis anotações. Poderíamos buscar a origem de todas as metáforas que conduziram à classificação dos alimentos segundo seu *calor,* seu *frio,* seu *calor seco,* seu *calor úmido,* sua *virtude refrescante.* Provaríamos facilmente que o estudo científico dos valores alimentares é perturbado por preconceitos formados em impressões primárias, fugazes e insignificantes.

Assim, não hesitamos em invocar uma origem cenestésica para certas intuições filosóficas fundamentais. Em particular, acreditamos que esse calor íntimo, oculto, preservado, possuído, que é uma feliz digestão, leva inconscientemente a postular a existência de um fogo escondido e invisível no interior da matéria, ou, como diziam os alquimistas, no ventre do metal. A teoria desse fogo imanente à matéria determina um materialismo especial para o qual seria preciso criar uma palavra, pois representa uma nuance filosófica importante, intermediária entre o materialismo e o animismo. Esse *calorismo* corresponde à materialização de uma alma ou à animação da matéria, é uma forma de passagem entre matéria e vida. É a consciência secreta da assimilação material da digestão, da animalização do inanimado.

Se levarmos em conta o mito da digestão, compreenderemos bem melhor o sentido e a força da seguinte frase do *Cosmopolite* que faz o mercúrio dizer[23]: "Sou fogo em meu interior, o fogo serve-me de alimento e é minha vida." Um outro alquimista diz de maneira menos figurada, mas que significa o mesmo: "O fogo é um elemento que atua no centro de cada coisa[24]." Com que facilidade se atribui um sentido a tal expressão! No fundo, dizer que uma substância tem um interior, um centro, é quase tão metafórico quanto dizer que tem um ventre. Falar de uma qualidade e de uma tendência vem a ser o mesmo que falar de um apetite. Acrescentar, como faz o alquimista, que esse interior é uma lareira onde arde o fogo-princípio indestrutível, é estabelecer convergências metafóricas centradas nas certezas da digestão. Serão precisos grandes esforços de objetividade para *separar* o calor das substâncias em que ele se manifesta, para fazer dele uma qualidade completamente transitiva, uma energia que em caso algum pode estar latente e oculta.

A interiorização do fogo não apenas exalta suas virtudes, como também prepara as mais formais contradições. O que, em nosso entender, é uma prova de que se trata, não de propriedades *objetivas,* mas de valores psicológicos. O homem é, talvez, o primeiro objeto natural em que a natureza procura contradizer-se. Aliás, é essa a razão pela qual a atividade humana está em via de mudar a face do planeta. Mas, nesta pequena monografia, consideramos apenas as contradições e as mentiras do fogo. Graças à interiorização, chega-se a falar de um *fogo incombustível*. Após ter longamente trabalhado seu enxofre, Joachim Poleman escreve[25]: "Assim como esse enxofre era naturalmente um fogo ardente e uma luz resplandecente no exterior, agora ele não é mais externo, mas sim interno e incombustível; não é mais um fogo ardendo exteriormente, mas interiormente; e assim como antes ele queimava tudo o que é combustível, presentemente queima com seu poder as doenças invisíveis; e assim como os enxofres antes de sua cocção brilhavam exteriormente, não brilham mais agora a não ser para as doenças ou espíritos de trevas, que não são outra coisa senão espíritos ou propriedades do tenebroso leito da morte... e o fogo transmuda esses espíritos de trevas em bons espíritos, tais como eram quando o homem se encontrava são." Quando se leem páginas como essa, é preciso perguntar-se de que lado se mostram claras, de que lado obscuras. Ora, a página de Poleman é seguramente obscura do lado objetivo: um espírito científico a par da química e da medicina terá dificuldade em dar um nome às experiências evocadas. Ao contrário, do lado subjetivo, quando se fez um esforço para adquirir um material psicanalítico apropriado, quando se isolou, em particular, os complexos do sentimento de posse e das impressões do fogo íntimo, a página se esclarece. O que prova que ela tem uma coerência subjetiva e não uma coesão objetiva. Essa determinação do eixo de esclarecimento, seja subjetivo, seja objetivo, parece-nos o primeiro diagnóstico de uma psicanálise do conhecimento. Se, num conhecimento, a soma das convicções pessoais ultrapassa a soma dos conhecimentos que se pode explicitar, ensinar, demonstrar, uma psicanálise é indispensável. A psicologia do cientista deve tender a uma psicologia claramente normativa; o cientista deve recusar-se a *personalizar seu conhecimento;* correlativamente, deve esforçar-se por *socializar suas convicções.*

VIII

A melhor prova de que as impressões fisiológicas do calor foram reificadas no conhecimento pré-científico, é que o calor íntimo forneceu referências para determinar *espécies de calor* que nenhum experimentador moderno tentaria distinguir. Em outras palavras, o corpo humano sugere *pontos de fogo* que os Artistas alquímicos se esforçam por classificar. "Os filósofos, diz um deles[26], distinguem (o calor) de acordo com a diferença do calor do animal, e fazem disso três ou quatro espécies: um calor digestivo semelhante ao do estômago, um generativo como o do útero, um coagulante como o que é feito pelo esperma e um lactificante como o das mamas... O (calor) estomacal é putrefativo digestivo no estômago, digestivo gerador no útero, condensativo penetrante nos rins, no fígado, nas mamas e no resto." Assim, a sensação de calor íntimo, com suas mil nuances subjetivas, é traduzida diretamente numa *ciência de adjetivos,* como sempre acontece no caso de uma ciência embaraçada pelos obstáculos substancialista e animista.

A referência ao corpo humano continuará se impondo por muito tempo, mesmo com o espírito científico já bastante desenvolvido. Quando se quis fazer os primeiros termômetros, um dos pontos fixos em que se pensou para graduá-los foi, primeiramente, a temperatura do corpo humano. Constatamos, de resto, a inversão objetiva operada pela medicina contemporânea, que determina a temperatura do corpo por comparação com fenômenos físicos. O conhecimento vulgar, mesmo em tentativas bastante precisas, opera na perspectiva inversa.

IX

Mas "esse benigno calor que fomenta nossa vida", como diz um médico no final do século XVIII, é ainda mais sintomático quando considerado, em sua confusão ou em sua síntese, sem nenhuma localização, como a realização global da vida. A vida secreta não é senão calor confuso. É esse fogo vital que forma a base da noção de fogo oculto, de fogo invisível, de fogo sem chama.

Inaugura-se então a carreira infinita dos devaneios eruditos. Uma vez que se separou do princípio ígneo sua qualidade evidente, uma vez que o fogo não é mais a chama amarela, o carvão vermelho, uma vez que se tornou invisível, ele pode receber as qualidades mais variadas, os qualificativos mais diversos. Veja-se a *água-forte*: ela consome o bronze e o ferro. Seu fogo oculto, seu fogo sem calor queima o metal sem deixar vestígio, como um crime perfeito. Assim, essa ação *simples mas oculta,* carregada de devaneios inconscientes, irá cobrir-se de adjetivos, de acordo com a regra do inconsciente: quanto menos se conhece, mais se nomeia. Para qualificar o fogo da água-forte, Trévisan[27] diz que esse fogo oculto é "sutil, vaporoso, digestivo, contínuo, contíguo, aéreo, claro e puro, encerrado, não fluente, alterante, penetrante e vivo". É evidente que tais adjetivos não qualificam um objeto, eles expõem um sentimento, provavelmente uma necessidade de destruir.

A queimadura por um líquido maravilha todos os espíritos. Quantas vezes vi meus alunos espantados diante da calcinação de uma rolha pelo ácido sulfúrico. Apesar das recomendações — ou, psicanaliticamente falando, por causa das recomendações —, os aventais dos jovens manipulantes sofrem particularmente com os ácidos. Pelo pensamento, multiplica-se a potência do ácido. Psicanaliticamente, a vontade de destruir eleva o coeficiente de uma propriedade destrutiva reconhecida ao ácido. De fato, *pensar num poder é não somente servir-se dele, mas sobretudo abusar dele.* Sem essa vontade de abusar, a consciência do poder não seria clara. Um autor italiano anônimo, no final do século XVII, admira esse poder íntimo de aquecer que se encontra "nas águas-fortes e em espíritos semelhantes que, mesmo no inverno, ardem como o fogo em qualquer época e produzem tais efeitos, que os julgaríamos capazes de destruir toda a Natureza e de reduzi-la a nada..." Desse niilismo muito particular de um velho autor italiano é talvez curioso aproximar a seguinte notícia e os comentários feitos pelos jornais (Roma, 4 de março de 1937). O senhor Gabriele d'Annunzio comunica uma mensagem que termina com estas frases sibilinas: "Estou ficando velho e doente e, por isso, apresso meu fim. Me é vedado morrer tomando de assalto Ragusa. Desdenhando morrer entre dois lençóis, vou tentar meu último invento." E o jornal explica em que consiste essa invenção. "O poeta decidiu, quando sentir chegada a hora de sua morte, mergulhar num banho que provocará imediatamente a morte e a destruição dos tecidos de seu corpo. Foi o próprio poeta que descobriu a fórmula desse líquido." Assim trabalha nosso devaneio, sábio e filosófico: acentua todas as forças, procura o absoluto tanto na vida quanto na morte. Já que é preciso desaparecer, já que o instinto da morte se impõe um dia à vida mais exuberante, desapareçamos e morramos por completo. Destruamos o fogo de nossa vida por um superfogo, um superfogo sobre-humano, sem chamas nem cinzas, que levará o nada ao próprio coração do ser. Quando o fogo se devora a si mesmo, quando o poder se volta contra si, é como se o ser se totalizasse no instante de sua perda e a intensidade da destruição fosse a prova suprema, a prova mais clara da existência. Essa contradição, na própria raiz da intuição do ser, favorece as transformações de valores sem fim.

X

Ao encontrar um conceito como o de fogo latente, no qual o caráter experimental dominante acaba por ser apagado, o pensamento pré-científico adquire uma singular facilidade: parece que, a partir de então, tem o direito de contradizer-se claramente, cientificamente. A contradição, que é a lei do inconsciente, infiltra-se no conhecimento pré-científico. Vejamos de imediato essa contradição sob uma forma crua e num autor que faz profissão de espírito crítico. Para Reynier, como para Madame du Châtelet, o fogo é o princípio da dilatação. É pela dilatação que se obtém dele uma medida objetiva. Mas isso não impede Reynier de supor que o fogo é a força que *contrai*, que *estreita*. É ao fogo, diz ele[28], que todos os corpos "devem a coesão de seus princípios; sem ele, seriam incoerentes", pois, "assim que o fogo entra numa combinação, ele contrai-se num espaço infinitamente menor que aquele que ocupava". Portanto, o fogo é tanto o princípio de contração quanto o de dilatação; ele dispersa e concentra. Essa teoria, proposta em 1787 por um autor que quer evitar toda erudição, vem aliás de longe. Os alquimistas já diziam que "o calor é uma qualidade que separa as coisas heterogêneas e coze as homogêneas". Como não há nenhum contato entre os autores que citamos aqui, percebe-se claramente que tocamos uma dessas intuições subjetivamente naturais que conciliam de forma abusiva os contrários.

Tomamos essa contradição como modelo porque ela diz respeito a uma propriedade geométrica. Deveria, pois, ser particularmente insuportável. Mas, se quiséssemos considerar contradições mais secretas, no nível das qualidades mais vagas, chegaríamos facilmente à convicção de que essa contradição geométrica, como todas as outras, procede menos da *física do fogo* do que da *psicologia do fogo*. Insistiremos nessas contradições para mostrar que a contradição, para o inconsciente, é mais do que uma tolerância: é realmente uma necessidade. Com efeito, é pela contradição que se chega mais facilmente à originalidade, e a originalidade é uma das pretensões dominantes do inconsciente. Quando se aplica a conhecimentos objetivos, essa necessidade de originalidade *aumenta* os detalhes do fenômeno, *realiza* as nuances, *causaliza* os acidentes, exatamente da mesma maneira que o romancista faz um herói com uma soma artificial de singularidades, um caráter voluntário com uma soma de inconsequências. Assim, para Nicolas de Locques[29], "esse calor celeste, esse fogo que faz a vida, numa matéria seca é ligado e estúpido; numa úmida, muito dilatado; numa quente, muito ativo; e numa fria, congelado e mortificado". Prefere-se, pois, afirmar que o fogo é congelado numa matéria fria a aceitar seu desaparecimento. As contradições acumulam-se para conservarem o valor do fogo.

Mas estudemos um pouco mais de perto uma autora a quem os literatos deram uma reputação de sábio. Tomemos o livro da marquesa de Châtelet. Já nas primeiras páginas, o leitor é jogado no centro do drama: o fogo é um mistério e, ao mesmo tempo, é familiar! "Ele escapa a todo momento aos esforços de nosso espírito, embora esteja no interior de nós mesmos." Há, pois, uma *intimidade* do fogo cuja função será contradizer as *aparências* do fogo. O que se deixa transparecer é sempre diferente daquilo que em realidade é. Assim, Madame du Châtelet precisa que a luz e o calor são *modos* e não *propriedades* do fogo. Com essas distinções metafísicas, estamos longe do espírito prepositivo que comumente se gostaria de atribuir aos experimentadores do século XVIII. Madame du Châtelet empreende uma série de experiências para separar o que brilha e o que aquece. Ela lembra que os raios da Lua não contêm calor; mesmo concentrados no foco de uma lente, eles não ardem. A Lua é fria. Algumas reflexões bastam para justificar esta estranha proposição: "O calor não é essencial ao Fogo elementar." A partir da quarta página de sua dissertação, Madame du Châtelet se considera um espírito original e profundo por essa simples contradição. Como ela mesma o diz, vê a Natureza "com outro olhar que não o vulgar". Algumas experiências rudimentares ou observações ingênuas lhe são suficientes, no entanto, para decidir que o fogo, longe de ser pesado como querem certos químicos, tem uma tendência para o alto. Essas observações discutíveis conduzem de imediato a princípios metafísicos. "O Fogo é, portanto, o antagonista perpétuo da gravidade, em vez de ser-lhe submisso; assim, na Natureza, tudo se encontra em perpétuas oscilações de dilatação e contração pela ação do Fogo sobre os corpos, e a reação dos corpos que se opõem à ação do fogo pelo peso e a coesão de suas partes... Pretender que o fogo seja pesado é destruir a Natureza, é subtrair-lhe a propriedade mais essencial, a que faz dele um dos impulsos do Criador." Será preciso apontar a desproporção entre as experiências e as conclusões? Em todo caso, a facilidade com que se encontrou uma contralei para contradizer a gravidade universal nos parece muito sintomática de uma atividade do inconsciente. O inconsciente é o fator das dialéticas grosseiras, tão frequentes nas discussões de má-fé, tão diferentes das dialéticas lógicas e claras, apoiadas numa alternativa explícita. De um detalhe irregular, o inconsciente faz o pretexto para uma generalização adversa: uma física do inconsciente é sempre uma física da exceção.

CAPÍTULO VI

ÁLCOOL: A ÁGUA ARDENTE.
O PONCHE: O COMPLEXO
DE HOFFMANN.
AS COMBUSTÕES ESPONTÂNEAS

I

Uma das contradições fenomenológicas mais manifestas produziu-se com a descoberta do álcool, triunfo da atividade taumaturga do pensamento humano. A aguardente é a água de fogo. É uma água que queima a língua e se inflama à menor faísca. Não se limita a dissolver e a destruir como a *água-forte*. Desaparece com o que ela queima. É a comunhão da vida e do fogo. O álcool é, também, um alimento *imediato* que prontamente instala seu calor na cavidade do peito; comparadas ao álcool, as próprias carnes são *morosas*. O álcool é, portanto, objeto de uma valorização substancial evidente. Também ele manifesta sua ação em pequenas quantidades: supera em concentração os *consommés* mais requintados. Segue a regra dos desejos de posse realista: conservar uma grande potência num pequeno volume.

Visto que a aguardente queima diante dos olhos extasiados, visto que aquece o ser inteiro na cavidade do estômago, ela demonstra a convergência das experiências íntimas e objetivas. Essa dupla fenomenologia prepara *complexos* que uma psicanálise do conhecimento objetivo deverá desfazer para reencontrar a liberdade da experiência. Entre esses complexos, há um muito especial e muito forte; é o que fecha, por assim dizer, o círculo: quando a chama correu sobre o álcool, quando o fogo deu seu testemunho e seu sinal, quando a água de fogo primitiva foi claramente enriquecida de chamas que brilham e que ardem, nós a bebemos. De todas as matérias do mundo, a aguardente é a única tão próxima da matéria do fogo.

Nas grandes festas de inverno, em minha infância, preparava-se um *brûlot**. Meu pai vertia bagaceira de nossa vinha num largo prato. No centro colocava torrões de açúcar, os maiores do açucareiro. Assim que o fósforo tocava a ponta do açúcar, a chama azul corria com um pequeno ruído sobre o álcool derramado. Minha mãe apagava a luz. Era um momento de mistério e um pouco grave da festa. Rostos familiares, mas subitamente desconhecidos em sua lividez, cercavam a mesa redonda. Por instantes, o açúcar enruga-

---

* Aguardente queimada com açúcar. *(N. do T.)*

va-se antes de desabar sua pirâmide, algumas franjas amarelas crepitavam nas bordas das chamas longas e pálidas. Se as chamas vacilavam, meu pai revolvia esse *brûlot* com uma colher de ferro. A colher adquiria uma bainha de fogo como uma ferramenta do diabo. Então se "teorizava": apagar muito tarde é ter um *brûlot* muito doce; apagar muito cedo é "concentrar" menos fogo e, portanto, diminuir a ação benfazeja do *brûlot* contra a gripe. Um falava de um *brûlot* que queimava até a última gota. Outro narrava o incêndio na casa do destilador, quando os tonéis de rum "explodiam como barris de pólvora", explosão a que ninguém jamais assistira. A todo o custo queria-se encontrar um sentido objetivo e geral a esse fenômeno excepcional... Enfim, o *brûlot* estava em meu copo: quente e pegajoso, verdadeiramente essencial. Por isso, como compreendo Vigenere quando, de uma maneira um pouco afetada, fala do *brûlot* como "de um pequeno experimento... muito raro e gentil"! Como compreendo também Boerhaave quando escreve: "O que me pareceu mais agradável nessa experiência é que a chama excitada pelo fósforo num lugar afastado dessa tigela... vai inflamar o álcool que se encontra nessa mesma tigela." Sim, é o verdadeiro fogo móvel, o fogo que se diverte na superfície do ser, que brinca com sua própria substância, liberado de sua própria substância, liberado de si. É o fogo-fátuo doméstico, o fogo diabólico no centro do círculo familiar. Após tal espetáculo, as confirmações do gosto deixam lembranças imperecíveis. Do olhar extasiado ao estômago reconfortado se estabelece uma correspondência baudelairiana tanto mais sólida quanto mais é materializada. Para um bebedor de *brûlot,* como é pobre, como é fria, como é *obscura* a experiência de um bebedor de chá quente!

Sem a experiência pessoal desse álcool açucarado e quente, nascido da chama numa noite alegre, compreende-se mal o valor romântico do ponche, carece-se de um meio diagnóstico para estudar certas *poesias fantasmagóricas.* Por exemplo, um dos traços mais característicos da obra de Hoffmann, da obra do "imaginador fantástico", é a importância que nela possuem os fenômenos do fogo. Uma poesia da chama atravessa a obra inteira. Em particular, o *complexo do ponche* é tão manifesto que poderíamos chamá-lo de *complexo de Hoffmann.* Um exame superficial poderia contentar-se em dizer que o ponche é um pretexto para os contos, o simples acompanhamento de uma noite de festa. Por exemplo, um dos mais belos relatos, "O canto de Antônia", é narrado numa noite de inverno "ao redor de uma mesa onde arde, numa terrina cheia, o ponche da amizade"; mas esse convite ao fantástico não é mais que um prelúdio ao relato, não chega a formar corpo com ele. Muito embora seja notável que um relato tão comovente se inicie aqui sob o signo do fogo, em outros casos o signo é verdadeiramente integrado ao conto. Os amores de Phosphorus e da Flor-de-lis ilustram a poesia do fogo (terceira vigília): "O desejo, que espalha por todo o teu ser um calor benfazejo, em breve cravará em teu coração mil dardos acerados, pois... a volúpia suprema que acende essa faísca que deposito em ti é a dor sem esperança que te fará perecer, para germinar de novo sob forma estranha. Essa faísca é o pensamento! — Ai! — suspirou a flor num tom queixoso — no ardor que agora me inflama não poderei ser tua?" No mesmo conto, quando o feitiço que deveria trazer o estudante Anselmo de volta à pobre Verônica termina, não resta mais que "uma ligeira chama de espírito de vinho que arde no fundo do caldeirão". Mais adiante, Lindhorst, a salamandra, entra e sai da tigela de ponche; as chamas, sucessivamente, a absorvem e a manifestam. A batalha da feiticeira e da salamandra é uma batalha de chamas, as serpentes saem da terrina de ponche. A loucura e a embriaguez, a razão e o gozo são constantemente apresentados em suas interferências. De vez em quando, aparece nos contos um bom burguês que gostaria de "compreender" e que diz ao estudante: "Como é que esse maldito ponche pôde nos subir à cabeça e nos levar a mil extravagâncias? Assim falava o professor Paulmann, ao entrar na manhã seguinte na peça ainda coberta de potes quebrados, no meio dos quais a infortunada peruca, reduzida a seus elementos primitivos, nadava, dissolvida, num oceano de ponche." A explicação racionalizada, a explicação burguesa, a explicação por uma confissão de embriaguez, vem assim moderar as visões fantasmagóricas, de modo que o conto apareça entre razão e sonho, entre experiência subjetiva e visão objetiva, ao mesmo tempo plausível em sua causa e irreal em seu efeito.

Sucher, em seu estudo sobre *As fontes do maravilhoso em Hoffmann*, não faz nenhuma menção às experiências do álcool, mas observa incidentalmente (*Les Sources du merveilleux chez Hoffmann*, p. 92): "Quanto a Hoffmann, ele só viu salamandras nas chamas do ponche." Mas não tira daí a conclusão que, em nosso entender, se impõe. Se, de um lado, Hoffmann só viu salamandras numa noite de inverno no ponche flamejante, quando as almas do outro mundo comparecem à festa dos homens para amedrontar seus corações; se, de outro lado, e como é evidente, os demônios do fogo desempenham um papel primordial no devaneio hoffmanniano, cumpre admitir que é a chama paradoxal do álcool a inspiração primeira e que todo um plano da obra do autor se esclarece nessa luz. Parece-nos, portanto, que o estudo tão inteligente e tão fino de Sucher se priva de um elemento de explicação importante. Para compreender um gênio literário original, convém não se dirigir muito apressadamente às construções: da razão. O inconsciente, ele próprio, é um fator de originalidade. Em particular, o inconsciente alcoólico é uma realidade profunda. Enganamo-nos ao imaginar que o álcool vem simplesmente excitar possibilidades espirituais. Ele cria verdadeiramente essas possibilidades. Incorpora-se, por assim dizer, àquilo que se esforça por se exprimir. Sem dúvida nenhuma, o álcool é um fator de linguagem. Enriquece o vocabulário e libera a sintaxe. Com efeito, para retornar ao problema do fogo, a psiquiatria reconheceu a frequência dos sonhos do fogo nos delírios alcoólicos; mostrou que as alucinações liliputianas estavam sob a dependência da excitação do álcool. Ora, o devaneio que tende à miniatura tende à profundeza e à estabilidade; é o devaneio que, afinal, melhor prepara o pensamento racional. Baco é um deus bom; ao fazer divagar a razão, impede a anquilose da lógica e prepara a invenção racional.

Igualmente sintomática é esta página de Jean-Paul, escrita numa noite de 31 de dezembro com uma tonalidade claramente hoffmanniana, em que o poeta e quatro amigos, ao redor da chama pálida de um ponche, resolvem de repente *ver-se mortos uns aos outros*: "Foi como se a mão da Morte houvesse espremido o sangue de todas as faces; os lábios ficaram exangues, as mãos brancas e alongadas; a sala parecia uma cova fúnebre... Sob a lua, um vento silencioso rasgava e fustigava as nuvens e, nos lugares onde elas deixavam aberturas no céu livre, vislumbravam-se as trevas que se estendiam até os astros. Tudo era silencioso; o ano parecia debater-se, dar seu último suspiro e precipitar-se nos túmulos do passado. Ó Anjo do Tempo, tu que tens contado os suspiros e as lágrimas dos humanos, esquece-os ou esconde-os! Quem suportaria a ideia de seu número?¹" Quão pouco é preciso para fazer o devaneio pender num sentido ou no outro! É um dia de festa; o poeta tem o copo na mão, junto de seus alegres companheiros; mas o lívido clarão emanado do *brûlot* dá um tom lúgubre às mais jovens canções; de repente, o pessimismo do fogo efêmero vem mudar o devaneio, a chama moribunda simboliza o ano que termina, e o tempo, motivo dos sofrimentos, pesa sobre os corações. Se nos objetarem outra vez que o ponche de Jean-Paul é um simples pretexto para um idealismo fantasmagórico, não muito mais material que o idealismo mágico de Novalis, será preciso reconhecer que tal pretexto encontra no inconsciente do leitor um desenvolvimento complacente. Isso prova, em nosso entender, que a contemplação dos objetos fortemente valorizados desencadeia devaneios cujo desenvolvimento é tão regular, tão fatal quanto as experiências sensíveis.

Almas menos profundas produzirão sonoridades mais artificiais, porém o tema fundamental continuará a repercutir. O'Neddy canta na *Primeira noite de fogo e chama:*

No centro da sala, ao redor de uma urna de ferro
Digno êmulo em largura das taças do inferno,
Na qual um belo ponche, com prismáticas chamas,
Parece um lago sulfuroso a agitar suas ondas,

E o escuro ateliê só tem por iluminação
A paveia do ponche, espirituosa miragem
Que puro ossianismo nesse coroamento
De cabeças com fronte bronzeada...

Os versos são ruins, mas acumulam todas as tradições do ponche e designam bastante bem, em sua pobreza poética, o complexo de Hoffmann, que reveste impressões ingênuas com ideias cultas. Para o poeta, o enxofre e o fósforo alimentam o prisma das chamas; o inferno está presente nessa festa impura. Se os *valores* do devaneio diante da chama faltassem nessas páginas, seu *valor* poético seria incapaz de sustentar a leitura. O inconsciente do leitor supre as insuficiências do inconsciente do poeta. As estrofes de O'Neddy sustentam-se apenas pelo "ossianismo" da chama do ponche. Elas nos fazem lembrar toda uma época em que os *Jeunes-France** românticos reuniam-se em torno da Tigela de Ponche[2], onde a vida boêmia era iluminada, como diz Henry Murger, pelos *"brûlots da paixão"*.

Certamente, essa época parece terminada. O *brûlot* e o ponche estão atualmente desvalorizados. O antialcoolismo, com sua crítica à base de *slogans*, proibiu tais experiências. Mesmo assim, parece-nos ser verdadeiro que toda uma região

---

* Nome dado a um grupo de artistas e escritores franceses, por volta de 1830, que se caracterizaram pelo comportamento excêntrico e as opiniões. *(N. do T.)*

da literatura fantasmagórica provém da poética excitação do álcool. Convém não esquecer as bases concretas e precisas, se quisermos compreender o sentido psicológico das construções literárias. Os temas diretores ganhariam se fossem tomados um a um, em sua precisão, sem serem diluídos prontamente em resumos gerais. Se nosso presente trabalho pudesse ter uma utilidade, deveria sugerir uma classificação dos temas objetivos que preparassem uma classificação dos temperamentos poéticos. Ainda não chegamos a elaborar em detalhe uma doutrina de conjunto, mas pensamos que há uma relação entre a doutrina dos quatro elementos físicos e a doutrina dos quatro temperamentos. Em todo caso, as almas que sonham sob o signo do fogo, sob o signo da água, sob o signo do ar e sob o signo da terra revelam-se muito diferentes entre si. Em particular, a água e o fogo permanecem inimigos até no devaneio, e aquele que escuta o regato dificilmente pode compreender o que ouve cantar as chamas: eles não falam a mesma língua.

Desenvolvendo em toda a sua generalidade essa física ou essa química do devaneio, chegaríamos facilmente a uma doutrina tetravalente dos temperamentos poéticos. Com efeito, a tetravalência do devaneio é tão nítida, tão produtiva quanto a tetravalência química do carbono. O devaneio tem quatro domínios, quatro pontas pelas quais se lança no espaço infinito. Para forçar o segredo de um verdadeiro poeta, de um poeta sincero, de um poeta fiel à sua língua original, surdo aos ecos discordantes do ecletismo sensível que gostaria de brincar com todos os sentidos, uma palavra basta: "Diz-me qual é teu fantasma: o gnomo, a salamandra, a ondina ou a sílfide?" Por acaso já não se observou que todos esses seres quiméricos são formados e nutridos de uma matéria única? O gnomo terrestre e condensado vive na fenda do rochedo, guardião do mineral e do ouro, repleto das substâncias mais compactas; a salamandra de fogo devora-se em sua própria chama; a ondina das águas desliza sem ruído sobre o lago e alimenta-se de seu reflexo; a sílfide, a quem a menor substância pesa, a quem a menor quantidade de álcool amedronta, que se zangaria talvez com um fumante que "suja seu elemento" (Hoffmann), eleva-se sem dificuldade no céu azul, satisfeita com sua anorexia.

Não se deveria, porém, vincular tal classificação das inspirações poéticas a uma hipótese mais ou menos materialista que pretendesse encontrar na carne dos homens um elemento material predominante. Não se trata em absoluto de matéria, mas de orientação. Não se trata de raiz substancial, mas de tendências, de exaltação. Ora, o que orienta as tendências psicológicas são as imagens primitivas; são os espetáculos e as impressões que, subitamente, dão um interesse ao que não o possui, um *interesse ao objeto*. Toda a imaginação convergiu para essa imagem valorizada; e é assim que, por uma porta estreita, a imaginação "nos transcende e nos põe face ao mundo", como diz Armand Petitjean. A *conversão* total da imaginação que Petitjean analisou com lucidez espantosa[3] é como que preparada por essa tradução preliminar do conjunto das imagens na linguagem de uma imagem preferida. Se tivéssemos razão a propósito dessa polarização imaginativa, compreenderíamos melhor por que dois espíritos congêneres em aparência, como Hoffmann e Edgar Poe, revelam-se, afinal, profundamente diferentes. Ambos foram poderosamente ajudados, em sua tarefa sobre-humana, inumana, genial, pelo potente álcool. Mas o alcoolismo de Hoffmann se revela bem diferente do alcoolismo de Edgar Poe. O álcool de Hoffmann é o álcool que arde; tem a marca do signo qualitativo, masculino, do fogo. O álcool de Poe é o álcool que submerge e provoca o esquecimento e a morte; tem a marca do signo quantitativo, feminino, da água. O gênio de Edgar Poe está associado às águas estagnadas, às águas mortas, ao lago onde se reflete a *Casa de Usher.* Ele ouve "o rumor do fluxo atormentado" seguindo o vapor opiáceo, obscuro, úmido que suavemente destila-se gota a gota... por entre o vale universal", enquanto "o lago parece desfrutar de um sono consciente" (*La Dormeuse,* trad. de Mallarmé). Para Poe, as montanhas e as cidades "tombam para sempre em mares sem margem nenhuma". É junto aos pântanos, aos charcos e aos lagos lúgubres, "onde habitamos vampiros, nos lugares mais abandonados, nos recantos mais melancólicos", que ele encontra "as reminiscências ocultas do passado — formas sepultadas que recuam e suspiram ao passarem perto do caminhante" (*Terra de Sonho*). Se ele pensa num vulcão, é para vê-lo escorrer como a água dos rios: "meu coração era vulcânico como rios de escória". Assim, o elemento em que se polariza sua imaginação é a água ou a terra morta e sem flor; não é o fogo. Nos convenceremos disso também psicanaliticamente ao ler o admirável estudo da senhora Marie Bonaparte[4]. Veremos aí que o símbolo do fogo só intervém em Poe para convocar o elemento oposto, a água (p. 350); que o símbolo da chama só atua no registro repulsivo, como uma imagem grosseiramente sexual, diante da qual soa o toque de alarme (p. 232). O simbolismo da lareira (pp. 566, 597, 599) aparece como o simbolismo de uma vagina fria onde os assassinos lançam e emparedam suas vítimas. Edgar Poe foi realmente um "sem lar", um filho dos comediantes ambulantes, uma criança precocemente traumatizada pela visão de uma mão estendida, jovem e sorridente, no sono da morte. Nem mesmo o álcool pôde aquecê-lo, reconfortá-lo, alegrá-lo! Poe não dançou, como uma chama humana, segurando pela mão alegres companheiros ao redor do ponche inflamado. Nenhum dos complexos que se formam no amor do fogo vieram ampará-lo e inspirá-lo. Apenas a água foi seu horizonte, seu infinito, a profundeza insondável de sua dor, e seria preciso escrever todo um outro livro para determinar a poesia dos véus e das luzes frouxas, a poesia do medo vago que nos faz estremecer ao fazer ressoar em nós os gemidos da Noite.

II

Acabamos de ver o espírito poético obedecer por inteiro à sedução de uma imagem preferida; vimo-lo amplificar todas as possibilidades, pensar o grande no modelo do pequeno, o geral no modelo do pitoresco, a potência no modelo de uma força efêmera, o inferno no modelo do ponche. Vamos, agora, mostrar que o espírito pré-científico, em seu impulso primitivo, não opera de outro modo e também amplifica a potência de uma maneira abusivamente aumentada pelo inconsciente. O álcool será pintado em efeitos tão manifestamente horríveis, que não será difícil ler nos fenômenos descritos a *vontade moralizadora* dos espectadores. Assim, enquanto o antialcoolismo desenvolve-se no século XIX sobre o tema evolucionista, acusando o bebedor de todas as responsabilidades com sua linhagem, iremos ver o mesmo antialcoolismo desenvolver-se, no século XVIII, sobre o tema substancialista então predominante. A vontade de condenar emprega sempre a arma que tem em mãos. De uma maneira mais geral, à parte da lição moralizadora habitual, teremos também um exemplo da inércia dos obstáculos substancialista e animista no limiar do conhecimento objetivo.

Sendo o álcool eminentemente combustível, imagina-se sem dificuldade que as pessoas que se entregam às bebidas espirituosas tornam-se de algum modo *impregnadas* de matérias inflamáveis. Não se procura saber se a assimilação do álcool transforma o álcool. O complexo de Harpagão* que comanda a cultura, assim como toda tarefa material, nos faz acreditar que não perdemos nada do que absorvemos e que todas as substâncias preciosas são cuidadosamente postas em reserva; a gordura produz gordura; os fosfatos produzem ossos; o sangue produz sangue; o álcool produz álcool. O inconsciente, em particular, é incapaz de admitir que uma qualidade tão característica e tão maravilhosa quanto a combustibilidade possa desaparecer totalmente. Eis, pois, a conclusão: quem bebe álcool pode queimar feito o álcool. A convicção substancialista é tão forte que os *casos*, certamente suscetíveis de uma explicação mais normal e mais variada, irão se impor à credulidade pública ao longo do século XVIII. Eis alguns deles, transcritos com destaque por Socquet, autor reputado, num *Ensaio sobre* o *calórico* publicado em 1801. Assinalemos de passagem que todos esses exemplos são tomados da época das Luzes.

"Lê-se nas atas de Copenhague que, em 1692, uma mulher do povo, cujo alimento consis-

---

* Nome da principal personagem do *Avarento*, de Molière. (*N. do T.*)

tia quase exclusivamente no uso imoderado das bebidas espirituosas, foi encontrada certa manhã inteiramente consumida, exceto as últimas articulações dos dedos e o crânio..."

"*O Annual Register* de Londres referente a 1763 (t. XVIII, p. 78) relata o caso de uma mulher de cinquenta anos muito dada à embriaguez, bebendo há um ano e meio uma pinta de rum ou de aguardente por dia, e que foi encontrada quase inteiramente reduzida a cinzas, entre sua lareira e seu leito, sem que as cobertas e os móveis sofressem muitos danos; o que merece atenção." Essa última observação mostra claramente que a intuição é satisfeita pela suposição de uma combustão completamente interna e substancial, que sabe, de algum modo, reconhecer seu combustível preferido.

"Na *Encyclopédie méthodique* (Art. "Anatomia patológica do homem") encontra-se a história de uma mulher de cerca de cinquenta anos que, abusando continuamente de bebidas espirituosas, foi igualmente consumida no espaço de poucas horas. Vicq-d'Azyr, que cita o caso, longe de contestá-lo, assegura que existem muitos outros semelhantes."

"Os Anais da Sociedade Real de Londres oferecem um fenômeno igualmente impressionante... Uma mulher de sessenta anos foi encontrada incinerada uma manhã, após ter, segundo dizem, ingerido largamente bebidas espirituosas na noite anterior. Os móveis não haviam sofrido muito dano e o fogo de sua lareira estava completamente extinto. O fato é atestado por uma quantidade de testemunhas oculares..."

"Le Cat, numa *Dissertação sobre os incêndios espontâneos,* cita vários casos de combustões humanas desse gênero." Encontraríamos outros no *Ensaio sobre as combustões humanas* de Pierre-Aimé Lair.

Jean-Henri Cohausen, num livro impresso em Amsterdã com o título de *Lumen novum phosphoris accensum,* conta (p. 92) "que um fidalgo, do tempo da rainha Bona Sforza, tendo bebido uma grande quantidade de aguardente, vomitou chamas e foi por elas consumido".

Pode-se ler também nas Efemérides da Alemanha que "é frequente, nas regiões setentrionais, saírem chamas do estômago daqueles que bebem em abundância bebidas fortes. Dezessete anos atrás, diz o autor, dois de três cavalheiros de Courlande, cujos nomes omitirei por decoro, tendo ingerido por emulação bebidas fortes, morreram queimados e sufocados por uma chama que lhes saía do estômago".

Jallabert, um dos autores citados com maior frequência como técnico em fenômenos elétricos, baseava-se, em 1749, em "fatos" semelhantes para explicar a produção de fogo elétrico pelo corpo humano. Uma mulher que sofria de reumatismo esfregava-se diariamente durante horas com álcool canforado. Certa manhã foi encontrada reduzida a cinzas, não havendo razão para suspeitar que o fogo do céu ou o fogo comum tivessem parte nesse estranho acidente. "Somente podemos atribuí-lo às partículas mais soltas dos enxofres do corpo agitadas pelo atrito e misturadas às partículas mais sutis do álcool canforado[5]." Outro autor, Mortimer, faz esta advertência[6]: "Acredito sinceramente que as pessoas acostumadas a tomar em excesso bebidas espirituosas, ou a praticar fomentações com álcool canforado, correm o risco de se fazerem eletrizar."

Considera-se tão forte a concentração substancial do álcool na carne que se ousa falar de *incêndio espontâneo,* de sorte que o bêbado nem mesmo precisaria de um fósforo para inflamar-se. Em 1766, o abade Poncelet, um êmulo de Buffon, diz ainda: "O calor, como princípio de vida, inicia e mantém o jogo da organização animal, mas, quando levado até o grau de fogo, causa estranhas devastações. Já não vimos bêbados, cujos corpos estavam a tal ponto impregnados de espíritos ardentes pela ingestão habitual e excessiva de bebidas fortes, pegarem fogo de repente e serem consumidos por incêndios espontâneos?" Assim, o incêndio por alcoolismo não é senão um caso particular de uma concentração anormal de calórico.

Certos autores chegam a falar de deflagração. Um destilador engenhoso, autor de uma Química do Gosto e do Olfato, assinala nos seguintes termos, os perigos do álcool[7]: "O álcool não poupa nem músculo, nem nervo, nem linfa, nem sangue, aos quais inflama a ponto de fazer perecer por deflagração surpreendente e momentânea os que ousam levar o excesso até seu último termo."

No século XIX, tais incêndios espontâneos, terríveis punições do alcoolismo, cessam quase completamente. Tornam-se pouco a pouco metafóricos e dão lugar a gracejos fáceis sobre a cara afogueada dos bêbados, sobre o nariz rubicundo que um fósforo inflamaria. Esses gracejos, por sinal, são imediatamente compreendidos, o que prova a persistência do pensamento pré-científico na linguagem. Ele persiste também na literatura. Balzac tem a prudência de citar sua referência pela boca de uma megera. Em *Le Cousin Pons,* Madame Cibot, a bela vendedora de ostras, diz em sua linguagem incorreta[8]: "Essa mulher, desde então, não teve sorte com seu homem, que bebia de tudo e morreu de uma *imbustão* espontânea."

Em compensação, Émile Zola, num de seus livros mais "científicos", *Le Docteur Pascal,* relata minuciosamente uma combustão humana espontânea[9]: "Pelo buraco do tecido, largo já como uma moeda de cem vinténs; via-se a coxa nua, uma coxa vermelha, de onde saía uma pequena chama azul. A princípio Félicité pensou que era a roupa de baixo, as ceroulas ou a camisa, que queimava. Mas não havia como duvidar, ela percebia bem a carne nua, e a pequena chama azul dali brotava, ligeira, dançando como uma chama errante na superfície de um vaso de álcool inflamado. Não era muito mais alta que uma chama de lamparina, de uma doçura muda, tão instável que a menor corrente de ar a deslocava." Sem dúvida nenhuma, o que Zola transporta ao reino dos fatos é seu devaneio diante da tigela de ponche, seu complexo de Hoffmann. Então se manifestam, em toda a sua ingenuidade, as intuições substancialistas que caracterizamos nas páginas precedentes: "Félicité compreendeu que seu tio ardia, como uma esponja embebida de aguardente. Há anos que ele vinha saturando-se dela, da mais forte, da mais inflamável. Dentro em pouco queimaria certamente dos pés à cabeça." Como se vê, a carne viva está muito longe de perder os copos de aguardente de 85° absorvidos nos anos anteriores. De uma maneira mais agradável, imagina-se que a assimilação alimentar é uma concentração cuidadosa, uma avara capitalização da substância estimada...

No dia seguinte, quando o doutor Pascal vem ver o tio Macquart, não encontra mais do que um punhado de cinzas, como nos relatos pré-científicos que apresentamos, junto à cadeira apenas enegrecida. Zola força a nota: "Nada restava dele, nem um osso, nem um dente, nem uma unha, nada senão esse monte de poeira cinzenta que a corrente de ar da porta ameaçava varrer." E, finalmente, vemos aparecer o secreto desejo da apoteose pelo fogo; Zola ouve o apelo da fogueira total, da fogueira íntima; deixa entrever no seu inconsciente de romancista os indícios muito claros do complexo de Empédocles: o tio Macquart estava, portanto, morto "regiamente, como o príncipe dos bêbados, tocha de si mesmo, consumindo-se na fogueira abrasada de seu próprio corpo... acender-se a si mesmo como uma fogueira de São João!" Onde viu Zola fogueiras de São João que se acendiam sozinhas, como paixões ardentes? Como confessar melhor que o sentido das metáforas objetivas foi invertido e que é no inconsciente mais íntimo que se encontra a inspiração das chamas capazes, desde dentro, de consumir um corpo vivo?

Tal relato, imaginado por completo, é particularmente grave sob a pena de um escritor *naturalista* que dizia modestamente: "Sou apenas um cientista." Faz pensar que Zola construiu sua imagem da ciência com seus devaneios mais ingênuos e que suas teorias da hereditariedade obedecem à simples intuição de um passado que se inscreve na matéria sob uma forma decerto tão pobremente substancialista, tão vulgarmente realista quanto a *concentração* do álcool na carne, do fogo num coração febril.

Assim, narradores, médicos, físicos, romancistas, todos eles sonhadores, partem das mesmas imagens e dirigem-se aos mesmos pensamentos. O complexo de Hoffmann os enlaça numa imagem primeira, numa lembrança da infância. Conforme seu temperamento, em obediência a seu "fantasma" pessoal, enriquecem o lado subjetivo ou o lado objetivo do objeto contemplado. Das chamas que saem do *brûlot* fazem homens de fogo ou jactos substanciais. Seja como for, *valorizam*; empregam todas as suas paixões para explicar um traço de chama; oferecem seu coração inteiro para "comungar" com um espetáculo que os maravilha e que, por isso mesmo, os engana.

CAPÍTULO VII

O FOGO IDEALIZADO:
FOGO E PUREZA

I

Max Scheler mostrou o que há de excessivo na teoria da *sublimação* tal como a desenvolve a Psicanálise clássica. Essa teoria segue a mesma inspiração que a doutrina utilitária que está na base das explicações evolucionistas. "A moral naturalista confunde sempre o núcleo e a casca. Ao ver os homens que aspiram à santidade recorrerem, para explicar a si mesmos e aos outros seu ardente amor pelas coisas espirituais e divinas, às palavras de uma língua que não foi feita para exprimir coisas tão raras, a imagens, analogias e comparações tomadas da esfera do amor puramente sensual, não se cansa de dizer: isso não passa de avidez sexual velada, mascarada ou finamente sublimada[1]." E Max Scheler, em páginas penetrantes, denuncia essa visão tacanha que proibiria a vida no azul do céu. Ora, se é verdade que a sublimação poética, em particular a sublimação romântica, conserva o contato com a vida das paixões, é possível encontrar, precisamente nas almas que lutam contra as paixões, uma sublimação de um outro tipo, que chamaremos de *sublimação dialética* para distingui-la da *sublimação contínua,* que é a única considerada pela Psicanálise clássica.

Objetar-se-á a essa sublimação dialética que a energia psíquica é homogênea, limitada, e que não se pode separá-la de sua função biológica normal. Dir-se-á que uma transformação radical ocasionaria um branco, um vazio, uma perturbação nas atividades sexuais originais. Uma tal intuição materialista nos parece ter sido capturada ao contato do *material neurótico* sobre o qual fundou-se a Psicanálise passional clássica. Na verdade, e naquilo que nos concerne, pela aplicação dos métodos psicanalíticos na atividade do *conhecimento objetivo* chegamos à conclusão de que o *recalque* era uma atividade normal, uma atividade útil e, mais ainda, uma atividade alegre. Não há pensamento científico sem recalque. O recalque está na origem do pensamento atento, reflexivo, abstrato. Todo pensamento coerente é construído sobre um sistema de inibições sólidas e claras. Há uma *alegria da rigidez* no fundo da alegria da cultura. O recalque bem conduzido é dinâmico e útil na medida em que é alegre.

Para justificar o recalque, propomos a inversão do útil e do agradável, insistindo na supremacia do agradável sobre o necessário. Em nossa opinião, a cura realmente analógica não consiste em liberar as tendências recalcadas, mas em substituir o recalque inconsciente por um recalque consciente, por uma vontade constante de endireitamento. Essa transformação é bem visível na retificação de um erro objetivo ou racional. Antes da psicanálise do conhecimento objetivo, um erro científico está implicado numa visão filosófica; ele resiste à redução, obstina-se, por exemplo, a explicar propriedades fenomenais segundo o modo substancialista, de acordo com uma filosofia realista. Após a psicanálise do conhecimento objetivo, o erro é reconhecido enquanto tal, mas permanece como um objeto de polêmica feliz. Que alegria profunda há nas confissões de erros *objetivos!* Confessar que nos enganamos é prestar uma homenagem mais notória à perspicácia de nosso espírito. É reviver nossa cultura, reforçá-la, iluminá-la com luzes convergentes. É também exteriorizá-la, proclamá-la, ensiná-la. Nasce, então, o puro gozo do espiritual.

Mas quão mais forte é esse gozo, quando o conhecimento objetivo é o conhecimento objetivo do *subjetivo,* quando descobrimos em nosso próprio coração o universal humano, quando, psicanalisando lealmente o estudo de nós mesmos, integramos as regras morais nas leis psicológicas! Então, o fogo que nos queimava de repente nos ilumina. A paixão reencontrada torna-se a paixão querida. O amor torna-se família. O fogo torna-se lar. Essa normalização, essa socialização, essa racionalização passam frequentemente, com o peso de seus neologismos, por arrefecimentos. Despertam a zombaria fácil dos partidários de um amor anárquico, espontâneo, repleto ainda do calor dos instintos primitivos. Mas, para quem se espiritualiza, a purificação é de uma estranha doçura e a consciência da pureza prodigaliza uma estranha luz. Somente a purificação pode nos permitir dialetizar, sem destruí-la, a fidelidade de um amor profundo. Embora abandone uma pesada massa de matéria e de fogo, a purificação tem mais possibilidades, e não menos, que o impulso natural. Só um *amor purificado* faz descobertas afetuosas. É um amor *individualizante*. Permite passar da originalidade ao caráter. "Por certo", diz Novalis[2], "uma amante desconhecida possui um encanto mágico. Mas a aspiração ao desconhecido, ao imprevisto, é extremamente perigosa e nefasta." Na paixão, mais do que em qualquer outra coisa, a necessidade de constância deve dominar a necessidade de aventura.

Mas não podemos desenvolver extensamente aqui essa tese de uma sublimação dialética que retira sua alegria de um recalque claramente sistemático. Basta-nos tê-la indicado em sua generalidade. Iremos vê-la, agora, funcionando a propósito do problema preciso que estudamos neste pequeno livro. A facilidade desse estudo particular será, aliás, uma prova de que o problema do conhecimento do fogo é um verdadeiro problema de *estrutura psicológica*. Nosso livro aparecerá, então, como um espécime de toda uma série de estudos intermediários, entre sujeito e objeto, que poderiam ser empreendidos para mostrar a influência fundamental de certas contemplações com pretextos objetivos sobre a vida do espírito.

II

Se o problema psicológico do fogo se presta tão facilmente a uma interpretação de sublimação dialética, é porque as propriedades do fogo aparecem carregadas, como já assinalamos frequentemente, de numerosas contradições.

Para tocar de imediato o ponto essencial e mostrar a possibilidade de dois centros de sublimação, estudemos a dialética da pureza e da impureza atribuídas, ambas, ao fogo.

É fácil compreender que o fogo seja, às vezes, o signo do pecado e do mal se nos lembrarmos de tudo o que dissemos sobre o fogo sexualizado. Toda luta contra os impulsos sexuais deve, pois, ser simbolizada por uma luta contra o fogo. Poderíamos facilmente acumular textos onde o caráter demoníaco do fogo seria explícito ou implícito. As descrições literárias do inferno, as gravuras e os quadros que representam o diabo com sua língua de fogo, dariam ensejo a uma psicanálise bastante clara.

Passemos, portanto, para o outro polo e vejamos como o fogo pôde tornar-se uni símbolo de pureza. Para isso, precisamos descer até as propriedades nitidamente fenomenais. Com efeito, esse é o preço do método escolhido nesta obra, que nos obriga a apoiar todas as ideias em fatos objetivos. Em particular, não evocaremos aqui o problema teológico da purificação pelo fogo. Para apresentá-lo, seria preciso um estudo muito longo. Basta indicar que o nó do problema está no *contato* da metáfora com a realidade: o fogo que abrasará o mundo no Juízo final, o fogo do inferno, são ou não são semelhantes ao fogo terrestre? Tanto num sentido quanto no outro os textos são numerosos, pois não é dogma de fé que o fogo do inferno seja um fogo material da mesma natureza que o nosso. Essa variedade de opiniões permite, aliás, sublinhar a enorme floração das metáforas em torno da imagem primeira do fogo. Todas essas flores da razão teológica que ornam "nosso irmão fogo" mereceriam uma paciente classificação. Para nós, que nos damos por tarefa determinar as raízes *objetivas* das imagens poéticas e morais, cabe unicamente buscar as *bases sensíveis* do princípio que pretende que o fogo *purifica tudo*.

Uma das razões mais importantes da valorização do fogo nesse sentido é, talvez, a *desodorização*. Essa, em todo caso, é uma das provas mais diretas da purificação. O odor é uma qualidade primitiva, imperiosa, que se impõe pela presença mais hipócrita ou mais importuna. Ele realmente viola nossa intimidade. O *fogo purifica tudo*, porque suprime os odores nauseabundos. Aqui também, o *agradável prevalece sobre* o *útil* e não podemos aceitar a interpretação de Frazer, que pretende que o alimento cozido tenha dado mais força aos homens de uma tribo, os quais, tendo conquistado o fogo de cozinha, passaram a digerir melhor os alimentos preparados e sentiram-se, então, mais fortes para impor seu jugo às tribos vizinhas. Antes dessa força real, materializada, proveniente de uma assimilação digestiva mais fácil, é preciso colocar a força imaginada, produzida pela consciência do bem-estar, da festa íntima do ser, pelo prazer consciente. A carne cozida representa, antes de tudo, a putrefação vencida. Juntamente com a bebida fermentada, ela é o princípio do banquete, isto é, o princípio da sociedade primitiva.

Por sua ação desodorizante, o fogo parece transmitir um dos valores mais misteriosos, mais indefinidos e, portanto, mais surpreendentes. É esse valor sensível que forma a base fenomenológica da ideia de *virtude substancial*. Uma psicologia da primitividade deve conceder um amplo espaço ao psiquismo olfativo.

Uma segunda razão do princípio de purificação pelo fogo, razão bem mais culta e por conseguinte bem menos eficaz psicologicamente, é que o fogo separa as matérias e aniquila as impurezas materiais. Dito de outro modo, o que passou pela prova do fogo ganhou em homogeneidade, portanto em pureza. A fundição e a forja dos minerais produziram um conjunto de metáforas, todas elas inclinadas para a mesma valorização. Todavia, essa fundição e essa forja permanecem experiências excepcionais, experiências cultas que influem muito sobre o devaneio do homem de letras que se instrui sobre fenômenos raros, mas muito pouco sobre o devaneio natural que retorna sempre à imagem primitiva.

Por fim, a esses fogos de fusão caberia aproximar, certamente, o fogo agrícola que purifica os pousios. Essa purificação é realmente concebida como profunda. O fogo não apenas destrói a erva inútil, como enriquece a terra. Será preciso recordar os pensamentos virgilianos tão ativos ainda na alma de nossos lavradores? "Também é bom incendiar, de vez em quando, um campo estéril e entregar a palha superficial à chama crepitante; seja porque o fogo comunica à terra uma virtude secreta e sumos mais abundantes; seja porque a purifica e seca sua umidade supérflua; seja porque abre os poros e os canais subterrâneos que levam a seiva às raízes das plantas novas; seja porque endurece o solo, comprime seus veios demasiado abertos e impede a entrada das chuvas excessivas, dos raios ardentes do sol, do sopro glacial de Bóreas[3]." Como sempre, a multiplicidade das explicações, frequentemente contraditórias, recobre um valor primitivo não discutido. Mas a valorização é aqui ambígua: reúne as ideias da supressão de um mal e da produção de um bem. Portanto, é bastante suscetível de nos fazer compreender a dialética exata da purificação objetiva.

III

Vejamos agora a região onde o fogo é puro. Parece situar-se no seu limite, na ponta da chama, onde a cor dá lugar a uma vibração quase invisível. Então, o fogo se desmaterializa, se desrealiza; torna-se espírito.

Por outro lado, o que diminui a purificação da ideia do fogo é que o fogo deixa cinzas. As cinzas são geralmente consideradas como verdadeiros excrementos. Assim, Pierre Fabre acredita que a Alquimia era, nos primeiros tempos da humanidade[4], "muito poderosa devido à força de seu fogo natural... tanto que as coisas duravam mais do que no presente, uma vez que esse fogo natural é muito enfraquecido pela associação de uma grande e enorme quantidade de excrementos que ele não consegue rejeitar, que causam sua completa extinção numa infinidade de indivíduos particulares". Donde a necessidade de renovar o fogo, de retornar ao fogo original que é o fogo puro.

Vice-versa, quando se suspeita da *impureza* do fogo, procura-se a todo custo descobrir seus resíduos. Assim, considera-se que o *fogo normal do sangue* é de uma grande pureza: no sangue "reside esse fogo vivificante graças ao qual o homem existe, por isso é sempre o último a se corromper; e só chega à corrupção alguns instantes após a morte[5]". Mas a febre é a marca de uma impureza no fogo do sangue; é a marca de um enxofre impuro. Deste modo não devemos nos surpreender com que a febre recubra "os condutos da respiração, principalmente a língua e os lábios, de uma fuliginosidade escura e queimada[6]". Vemos aqui a força de explicação que pode ter uma metáfora para um espírito ingênuo quando esta age sobre um tema essencial como o do fogo.

O mesmo autor desenvolve sua teoria das febres referindo-se, como a uma evidência indiscutível, à distinção do fogo puro e do fogo impuro. "Há dois tipos de fogo na natureza; um que é feito de um enxofre muito puro, separado de todas as partes terrestres e grosseiras, como o do álcool, do raio, etc., e outro feito de enxofres grosseiros e impuros, porque misturados de terra e de sais, como são os fogos que se fazem da madeira e das matérias betuminosas. A fornalha onde os fazemos arder parece assinalar bastante bem essa diferença; pois o primeiro fogo não deixa aí nenhuma matéria sensível cuja separação ele opera, sendo inteiramente consumido pela combustão. Mas o fogo do segundo tipo produz, ao acender-se, uma fumaça considerável e deixa nos tubos das chaminés uma grande quantidade de fuligem... e de terra inútil." Essa constatação vulgar basta para nosso médico dar uma característica da impureza de um sangue febril dominado acidentalmente pelo *fogo impuro*. Um outro médico diz ainda: "É um fogo ardente, que cobre a língua de secura e de fuligem", que torna as febres tão malignas.

Vemos que é sobre as formas fenomenais mais elementares que se constitui a fenomenologia da pureza e da impureza do fogo. Mostramos apenas algumas delas, a título de exemplos, e talvez já tenhamos fatigado a paciência do leitor. Mas essa impaciência, por si só, é um signo: gostaríamos que o reino dos valores fosse um reino fechado. Gostaríamos de julgar os valores sem nos importarmos com significações empíricas primárias. Ora, parece que muitos valores não fazem senão perpetuar o privilégio de certas experiências objetivas, de sorte que há uma mistura inextricável dos fatos e dos valores. É essa mistura que uma psicanálise do conhecimento objetivo deve separar. Quando a imaginação tiver "precipitado" os elementos materialistas não razoáveis, terá mais liberdade para a construção das experiências científicas novas.

IV

Mas a verdadeira idealização do fogo se forma seguindo a dialética fenomenológica do fogo e da luz. Como todas as dialéticas sensíveis que encontramos na base da sublimação dialética, a idealização do fogo pela luz repousa numa contradição fenomenal: às vezes o fogo brilha sem queimar; então seu valor é todo pureza. Para Rilke, "ser amado significa consumir-se na chama; amar é luzir de uma luz inesgotável". Pois amar é escapar à dúvida, é viver na evidência do coração.

Essa idealização do fogo na luz parece ser claramente o princípio da transcendência novalisiana quando se busca apreender esse princípio o mais próximo possível dos fenômenos. Novalis diz, com efeito: "A luz é o gênio do fenômeno ígneo." A luz não é apenas um símbolo, mas um agente da pureza. "Lá onde a luz não encontra nada a fazer, nada a separar, nada a unir, ela passa. O que não pode ser separado nem unido, é simples, puro." Portanto, nos espaços infinitos, a luz não faz nada. Ela espera o olhar. Espera a alma. É, pois, a base da iluminação espiritual. Talvez ninguém jamais tenha extraído tanto pensamento de um fenômeno físico quanto Novalis ao descrever a passagem do fogo íntimo à luz celeste. Seres que viveram pela chama primeira de um amor terrestre acabam na exaltação da pura luz. Essa via de autopurificação é indicada com precisão por Gaston Derycke em seu artigo sobre a *Experiência romântica*[7]. Ele cita precisamente Novalis: "Com toda a certeza eu era demasiado dependente dessa vida — um poderoso corretivo era necessário... Meu amor transformou-se em chama, e essa chama consome pouco a pouco tudo o que há de terrestre em mim."

o calorismo novalisiano, cuja profundidade indicamos suficientemente, sublima-se numa visão iluminada. Essa era uma espécie de necessidade material: não se percebe outra idealização possível para o amor de Novalis fora desse iluminismo. Talvez fosse interessante considerarmos um iluminismo mais coordenado, como o de Swedenborg, e perguntarmos se, por trás dessa vida, numa luz primitiva, não se poderia descobrir uma vida mais modestamente terrestre. O fogo swedenborguiano deixa cinzas? Resolver tal questão seria desenvolver a recíproca de todas as teses que apresentamos neste livro. Limitamo-nos a provar que semelhantes questões têm um sentido e que haveria interesse em duplicar o estudo psicológico do devaneio com o estudo objetivo das imagens que nos encantam.

CONCLUSÃO

Se o presente trabalho pudesse ser considerado como base de uma física ou de uma química do devaneio, como esboço de uma determinação das condições objetivas do devaneio, deveria preparar instrumentos para uma crítica literária objetiva no sentido mais preciso do termo. Deveria mostrar que as metáforas não são simples idealizações que partem, como rojões, para explodir no céu espalhando sua insignificância, mas que, ao contrário, as metáforas se convocam e se coordenam mais que as sensações, ao ponto de um espírito poético ser pura e simplesmente uma sintaxe das metáforas. Cada poeta seria, então, suscetível de um *diagrama* que indicaria o sentido e a simetria de suas coordenações metafóricas, exatamente como o diagrama de uma flor estabelece o sentido e as simetrias de sua ação floral. Não há *flor real* sem essa conformidade geométrica. Do mesmo modo, não há floração poética sem uma certa síntese de imagens poéticas. Convém, no entanto, não ver nessa tese uma vontade de limitar a liberdade poética, de impor uma lógica ou uma realidade, o que é a mesma coisa, à criação do poeta. É depois de tudo feito, objetivamente, depois do desabrochar, que acreditamos descobrir o realismo e a lógica íntima de uma obra poética. Às vezes, imagens realmente diversas, que se julgava serem hostis, heteróclitas, dissolventes, vêm se fundir numa imagem adorável. Os mosaicos mais estranhos do surrealismo têm, repentinamente, gestos contínuos; uma iridescência revela uma luz profunda; um olhar que cintila de ironia apresenta um súbito vazamento de ternura: a água de uma lágrima sobre o fogo de uma confissão. Tal é, portanto, a ação decisiva da imaginação: de um monstro, ela faz um recém-nascido!

Mas um *diagrama poético* não é simplesmente um desenho: deve encontrar o meio de integrar as hesitações, as ambiguidades que, somente elas, podem nos libertar do realismo, nos fazer sonhar; e é aqui que a tarefa que entrevemos assume toda a sua dificuldade e todo o seu mérito. Não se faz poesia no seio de uma unidade: o único não tem propriedade poética. Mas, se não podemos fazer melhor e alcançar de imediato a multiplicidade ordenada, podemos servir-nos da dialética, como de um estrondo que desperte as ressonâncias adormecidas. "Nada melhor do que a dialética do pensamento, observa com razão Armand Petitjean, com ou sem imagens, para determinar a Imaginação." Em todo caso, antes de mais nada, convém renunciar aos impulsos de uma expressão reflexa, psicanalisar as imagens familiares para aceder às metáforas e, sobretudo, às metáforas de metáforas. Então se compreenderá que Petitjean tenha podido escrever que a Imaginação escapa às determinações da psicologia — a psicanálise incluída — e constitui um reino autóctone, autógeno. Subscrevemos esse ponto de vista: mais do que a vontade, mais do que o impulso vital, a Imaginação é a força mesma da produção psíquica. Psiquicamente, somos criados por nosso devaneio. Criados e limitados por nosso devaneio, pois é o devaneio que desenha os últimos confins de nosso espírito. A imaginação opera no seu extremo, como uma chama, e é na região da metáfora de metáfora, na região dadaísta em que o sonho, como viu Tristan Tzara, é o ensaio de uma experiência, quando o devaneio transforma formas previamente transformadas, que se deve buscar o segredo das energias mutantes. É preciso, pois, encontrar o meio de se instalar no lugar onde o impulso original se divide, tentado certamente por uma anarquia pessoal, mas obrigado, ainda assim, à sedução de outrem. Para ser feliz, é preciso pensar na felicidade de outro. Há, assim, uma alteridade nos gozos mais egoístas. O diagrama poético deve, portanto, suscitar uma *decomposição* das forças, rompendo com o ideal ingênuo, o ideal egoísta, da unidade de composição. Trata-se, então, do próprio problema da vida criadora: como ter um futuro não esquecendo o passado? Como fazer com que a paixão se ilumine sem se esfriar?

Ora, se a imagem só se torna psiquicamente ativa pelas metáforas que a *decompõem,* se ela só cria psiquismo realmente novo nas transformações mais arrebatadas, na região da metáfora de metáfora, compreender-se-á a enorme produção poética das imagens do fogo. Procuramos mostrar, com efeito, que o fogo é, dentre os fatores de imagens, o mais *dialetizado.* Só ele é *sujeito e objeto.* Quando se vai ao fundo de um animismo, encontra-se sempre um calorismo. O que reconheço de vivo, de imediatamente vivo, é o que reconheço como quente. O calor é a prova por excelência da riqueza e da permanência substanciais; por si só oferece um sentido imediato à intensidade vital, à intensidade de ser. Comparadas à intensidade do fogo íntimo, como as outras intensidades sensíveis são frouxas, inertes, estáticas, sem destino! Não são crescimentos reais. Não mantêm sua promessa. Não se ativam numa chama e numa luz que simbolizam a transcendência.

Além disso, como vimos em detalhe, é em todas as suas propriedades que o fogo íntimo se dialetiza, como uma réplica dessa dialética fundamental do sujeito e do objeto. A tal ponto, que basta ele inflamar-se para contradizer-se. Tão logo um sentimento se eleva à tonalidade do fogo, tão logo se expõe, em sua violência, às metafísicas do fogo, podemos estar certos de que irá acumular uma soma de contrários. O ser amante quer, então, ser puro e ardente, único e universal, dramático e fiel, instantâneo e permanente. Ante a enorme tentação, a Pasifaé de Vielé-Griffin murmura:

> *Un souffle chaud m'empourpre,*
> *un grand frisson me glace.**

Impossível escapar a essa dialética: ter consciência de arder, é esfriar; sentir uma intensidade, é diminuí-la. É preciso ser intensidade sem sabê-lo. Essa é a triste lei do homem ativo.

Tal ambiguidade justifica, por si só, as hesitações passionais. De sorte que todos os *complexos* ligados ao fogo são, afinal, complexos dolorosos, complexos ao mesmo tempo neurotizantes e poetizantes, complexos reversíveis: podemos encontrar o paraíso em seu movimento ou em seu repouso, nas chamas ou nas cinzas.

> *Dans la clarière de tes yeux*
> *Montre les ravages du feu ses oeuvres d'inspiré*
> *Et le paradis de sa cendre.***
> Paul Éluard

---

* Um sopro quente me purpura, / um grande calafrio me gela.

** Na clareira de teus olhos / Mostra os estragos do fogo suas obras de inspirado / E o paraíso de suas cinzas.

Tomar o fogo ou dar-se ao fogo, aniquilar ou aniquilar-se, seguir o complexo de Prometeu ou o complexo de Empédocles, tal é a operação psicológica, que transforma todos os valores, que mostra também a discórdia dos valores. Como provar melhor que o fogo é a ocasião, no sentido bastante preciso de C. G. Jung, "de um complexo arcaico fecundo" e que uma psicanálise especial deve destruir nele as dolorosas ambiguidades, para favorecer as dialéticas alertas que dão ao devaneio sua verdadeira liberdade e sua verdadeira função de psiquismo criador?

11 de dezembro de 1937

NOTAS

Prefácio

1. *É'tude sur l'évolution d'un probleme de physique: la propagation thermique dans les solides.* Paris, 1928.

Capítulo I

1. A. Roy-Desjoncades, *Les Lois de la Nature, applicables aux lois physiques de la Médecine, et au bien général de l'humanité,* 2 vol. Paris, 1788, t. II, p. 144.
2. Ducarla, *Du feu complet,* p. 307.

Capítulo II

1. Pierre Bertaux, *Hölderlin*, Paris, 1936, p. 171.
2. D'Anounzio, *Le Feu,* trad. franc., p. 322.

Capítulo III

1. Auguste-Guillaume de Schlegel, *Œvres écrites en français,* t. I, Leipzig, 1846, pp. 307-308.

2. F. Max Muller, *Origine et développement de la Religion*, trad. franco J. Darmesteter, 1879, p. 190.

3. Bernardin de Saint-Pierre, *Études de la Nature*, 4. ed., 1791, t. IV, p. 34.

4. Chateaubriand, *Voyage en Amérique*, pp. 123-124.

5. J. G. Frazer, *Le Rameau d'Or*, trad. franc., 3 vol., t. III, p. 474.

6. Citado por Albert Béguin, *L'Âme romantique et le rêve*, 1937, 2 vol., t. I, p. 191.

7. Novalis, *Henri d'Ofterdingen*, trad. franc., p. 241, nota p. 191.

8. Novalis, *op. cit.*, p. 237.

9. Ver Charles Nodier, segundo prefácio de *Smarra*.

10. Novalis, *op. cit.*, p. 227.

Capítulo IV

1. J.-B. Robinet, *De la Nature*, 3. ed., 4 vol., Amsterdã, 1766, t. I, p. 217.

2. Robinet, *op. cit.*, t. I, p. 219.

3. Robinet, *op. cit.*, t. IV, p. 234.

4. Novalis, *Journal intime*, seguido de *Maximes inédites*, trad. franc., Paris, p. 106.

5. De Malon, *Le Conservateur du sang humain, ou la saignée démontrée toujours pernicieuse et souvent mortelle*, 1767, p. 146.

6. Jean-Pierre David, *Traité de la Nutrition et de l'accroissement, précédé d'une dissertation sur l'usage des eaux de l'amnios.*

7. Jean-Pierre Fabre, *L'Abrégé des secrets chimiques*, Paris, 1636, p. 374.

8. Comte de Lacépède, *Essai sur l'électricité naturelle et artificielle*, 2 vol., Paris, 1871, t. II, p. 169.

9. *Cosmopolite ou nouvelle lumiere clynique,* Paris, 1723, p. 7.

10. *La Formation de l'esprit scientifique.* Contribution à une psychanalyse de la connaissance objective. Paris, Vrin, 1938.

11. Nicolas de Locques, *Les Rudiments de la Philosophie naturelle touchant le système du corps mixte,* 2 vol., Paris, 1665.

12. *La lumière sortant de soi-même des ténèbres,* escrito em versos italianos, trad. franco por B. D. L., 2. ed., Paris, 1693.

13. Novalis, *Henri d'Ofterdingen,* trad. franc., p. 186.

14. Max Scheler, *Nature et forme de la sympathie,* trad. franc., p. 120.

15. D'Annunzio, *Le Feu,* trad. franc., p. 325.

16. Paul Valéry, *Pièces sur l'art,* p. 13.

17. Paul Valéry, *op. cit.,* p. 9.

Capítulo V

1. Boerhaave, *Éléments de Chimie,* trad. franc., 2 vol., Leide, 1752, t. I, p. 144.

2. C.-G. Scheele, *Traité chimique de l'air et du feu,* trad. franc., Paris, 1781.

3. R-P. Castel, *L'Optique de scouleurs,* Paris, 1740, p. 34.

4. Ducarla, *op. cit.,* p. 4.

5. Boerhaave, *op. cit.,* t. I, p. 145.

6. Carra, *Dissertation élémentaire sur la nature de la lumière, de la chaleur, du feu e de l'électricité,* Londres, 1787, p. 50.

7. Marat, *Découvertes sur le feu, l'électricité et la lumière, constatées par une suite d'expériences nouvelles,* Paris, 1779, p. 28.

8. Blaise de Vigenere, *Traité du feu et du sel*. Paris, 1622, p. 60.

9. Jourdain Guibelet, *Trois Discours philosophiques*. Evreux, 1603, p. 22.

10. Boerhaave, *op. cit.*, t. I, p. 303.

11. Robinet, *op. cit.*, t. I, p. 44.

12. Joachim Poleman, *Nouvelle Lumière de Médecine du mystère du soufre des philosophes,* trad. do latim, Rouen, 1721, p. 145.

13. Guibelet, *op. cit.*, p. 22.

14. Abbé de Mangin, *Question nouvelle et intéressante sur l'électricité,* 1749, pp. 17, 23, 26.

15. Winckler, *Essai sur la nature, les effets et les causes de l'électricité,* trad., Paris, 1748, p. 139.

16. Jean-Baptiste Fayol, *L'Harmonie céleste,* Paris, 1672, p. 320.

17. David, *op. cit.*, pp. 290, 292.

18. *Lettre philosophique* em continuação ao *Cosmopolite,* Paris, 1723, pp. 9 e 12.

19. Reynier, *Du Feu et de quelques-uns de ses principaux effets,* Lausanne, 1787, pp. 29, 34.

20. Boerhaave, *op. cit.*, t. II, p. 876.

21. Nicolas de Locques, *Les Rudiments de la philosophie naturelle touchant le système du corps mixte,* Paris, 1665, pp. 36, 47.

22. Hecquet, *De la digestion ef des maladies de l'esfomac,* Paris, 1712, p. 263.

23. *Cosmopolite, op. cit.*, p. 113.

24. *Lettre philosophique* em continuação ao *Cosmopolite, op. cit.*, p. 18.

25. Poleman, *op. cit.*, p. 167.

26. Nicolas de Locques, *op. cit.*, t. I, p. 52.

27. Crosset de la Heaumerie, *Les secrets les plus cachés de la philosophie des anciens,* Paris, 1722, p. 299.

28. Reynier, *op. cit.*, p. 39 e 43.

29. Nicolas de Locques, *op. cit.*, p. 46.

Capítulo VI

1. Citado e comentado por Albert Béguin, *L'Âme romantique et le rêve,* 1937, 2 vol., t. II, p. 62.

2. Cf. Théophile Gautier, *Les Jeunes-France. Le Bol de Punch,* p. 244.

3. A. Petitjean, *Imagination et Réalisation,* Paris, 1936, *passim*.

4. Marie Bonaparte, *Edgar Poe,* Paris, *passim*.

5. Jallabert, *Expériences sur l'électricité avec quelques conjectures sur la cause de ses effets,* Paris, 1749, p. 293.

6. Martine, *Dissertations sur la chaleur,* trad. franc., Paris, 1751, p. 350.

7. Sem nome de autor. *Chimie du Goût de l'Odorat ou Principe pour composer facilement, et à peu de frais, les liqueurs à boire et les eaux de senteur,* Paris, 1755, p. V.

8. Balzac, *Le Cousin Pons,* Ed. Calmann-Lévy, p. 172.

9. Émile Zola, *Le Docteur Pascal,* p. 227.

Capítulo VII

1. Max Scheler, *Nature et Formes de la sympathie,* trad. franc., p. 270.

2. Novalis, *Journal intime,* seguido de *Fragments inédits,* trad. franc., p. 143.

3. Virgílio, *Geórgicas,* livro I, versos 84 e ss.

4. Pierre-Jean Fabre, *op. cit.,* p. 6.

5. De Malon, *Le Conservateur du sang humain,* Paris, 1767, p. 135.

6. De Pezanson, *Nouveau Traité des fièvres,* Paris, 1690, pp. 30, 49.

7. Ver *Cahiers du Sud,* número de maio de 1937, p. 25.

ÍNDICE

Prefácio 1
I. Fogo e respeito. O complexo de Prometeu .. 11
II. Fogo e devaneio. O complexo de
   Empédocles 21
III. Psicanálise e pré-história. O complexo
    de Novalis.. 33
IV. O fogo sexualizado 65
V. A química do fogo: história de um falso
   problema 89
VI. O álcool: a água ardente. O ponche: o
    complexo de Hoffmann. As combustões
    espontâneas 123
VII. O fogo idealizado: fogo e pureza 145

Conclusão 159
Notas 165

IMPRESSÃO E ACABAMENTO

YANGRAF
GRÁFICA E EDITORA LTDA.
WWW.YANGRAF.COM.BR
(11) 2095-7722